莉莉祝你们所有人的人生，

都是原野.

但是头顶有碧空，

夜里有火光。

莉莉
lily

笛安 著

上海文艺出版社

目录

莉莉

1

笛安 × 陈炜枫：
人生就是由欢聚和离别
这两件事组成的

121

夕阳西下,是黄昏了。

天空无限清凉，阳光就像他的鬃毛那样不可一世地放纵着。

莉莉，勇敢一点。

月亮碎了的时候就变成满天的星星了。

多年以后的后来,莉莉都常常梦到那个马戏团里火灯辉煌的夜晚。

尊严就像你的回忆一样，永远只能跟你存在于不同的时空。

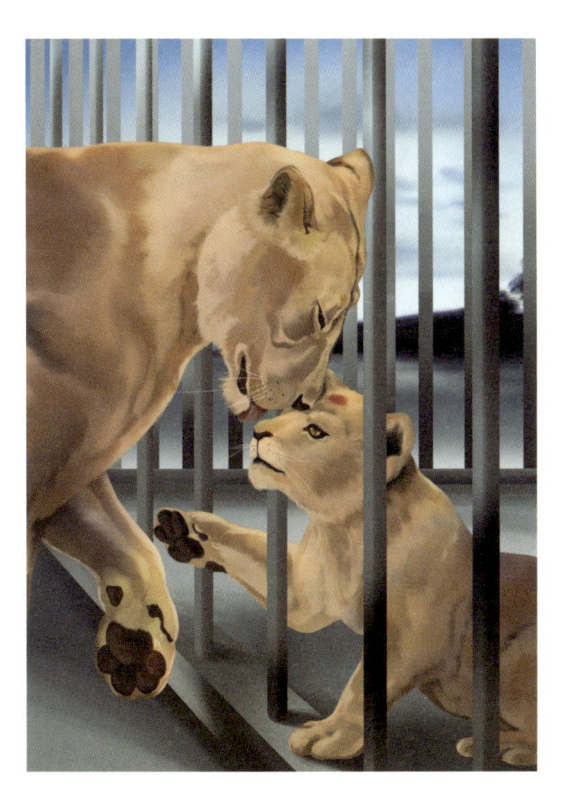

"朱砂,你要乖。"

所有的离散都只是一场很长的梦

莉莉

写给——

世上所有狮子座的女孩子，

世上所有爱上狮子座女孩的男孩子，

以及所有喜欢狮子的小朋友。

莉莉在这个世界上看见的第一样东西是天空。尽管那时候她还不知道天空是天空。一大片无边无际的淡蓝色柔软地照耀着莉莉刚刚睁开没有多久的眼睛。莉莉的表情很懵懂。淡蓝色其实是一种很轻浮的颜色,可奇怪的是,当它尽情地蔓延成天空那么大的时候,你就会发现,轻浮,原本是宽容的一种。

不过莉莉不认识颜色。确切地说,她不知道每种颜色的名称。莉莉是只狮子,不是人。人为了让自己安心,养成了给万事万物都取个名字的习惯。可是狮子是没有这种习惯的。狮子用另外的东西来圈定自己的疆土，比如他们的爪子和牙齿，比如他们生来就拥有的暴烈。

　　妈妈粗糙和温暖的舌头缓慢地舔着莉莉的柔软的脑袋、脸庞，还有小屁股。妈妈说："你会是个漂亮的姑娘，就像我一样漂亮。不过你最好不要比我漂亮啊，不然我会忌妒你的，我的宝贝。"说着妈妈就开心地笑了，妈妈很多时候都像一个小女孩。她把莉莉圈在自己两只前爪之间，不紧不慢地舔她的身体。妈妈很聪明。妈妈知道莉莉什么时候饿了，什么时候困了，什么时候想听妈妈说话了。

　　妈妈说她们住在一个很高很辽阔的原野上面。原野就是她们的家。家里的东西大致可以分为两种，就是能吃的，和不能吃的。奔跑的羚羊，妩媚的狐狸，瑟瑟发抖的野兔，这些是能吃的。"扑上去咬断它们的脖子，妈妈会教你怎么做的。"妈妈骄傲地望着怀里昏昏欲睡的莉莉。至于不能吃的东西：山峦，树木，还有似乎就悬挂在原野边缘的太阳。妈妈说："要敬畏所有不能吃的东西，宝贝。"

其实莉莉还听不懂妈妈的话。她刚来到这个世界上三天。她唯一会做的事情就是贪婪地吮吸妈妈饱满的乳房。奶水流进嘴里的时候耳朵边总是响着一种轻微的"咕嘟咕嘟"的声音。妈妈把莉莉小小的耳朵含在嘴里，轻轻地咬了咬，不过一点都不疼。妈妈说："你追一只狍子的时候，你看着它跑远了，似乎是跑到前面的太阳里去了。宝贝，这个时候你可千万别以为你可以扑上去连太阳一起吞下去啊，尤其是黄昏的时候，黄昏的时候太阳就要落山，看上去是一副很温顺的样子。可是你不能忘了，太阳是不能吃的。"

妈妈的声音就是在说完这句话的时候突然消失的。但是莉莉并没有感觉出来什么异样。她只不过听见了一声短促而钝重的声音，那个声音似乎跟奶水的"咕嘟咕嘟"的声音有些不一样。但是奶水终究还在温暖地、源源不断地流淌着。所以莉莉就不在意了，她不知道那是子弹射进皮肉的声音。然后另外一种类似于奶水的液体温暖地，源源不断地抚摸着莉莉的小脑袋还有脸庞，代替了妈妈的舌头。

"你看，巴特。"那是一个年轻男人的声音，"原来她有一个 baby。她在喂奶。"然后一只手把莉莉托了起来，奶水没有了，莉莉恼火地摇晃着头,原野的阳光无遮无拦地洒到莉莉的身上。那只叫巴特的猎狗疑惑地凑过来,闻了闻莉莉。奶的气味,阳光的气味,稚嫩的幼小的气味,毫无戒备的气味。巴特的喉咙里发出浑浊的声响。然后又是那个男人的声音:"好了巴特。我知道你在想什么。我跟你想的一样。"他的眼睛和阳光一起坦荡地照耀着莉莉,他说:"多漂亮的小姑娘,我要叫她莉莉,你觉得怎么样,巴特?"

那是莉莉第一次见到猎人。也是在那一天,她拥有了自己的名字。

猎人和巴特手忙脚乱地迎接着新来的小公主。猎人小心翼翼地把她抱在胸前,说:"巴特,你说她吃什么?牛奶?可是你觉得她会像你一样舔盘子吗?她这么小。好像我们得给她准备一个奶瓶,对不对啊巴特?"猎人犹疑地说。巴特无奈地站在一旁转了转眼珠,完全没有能力回答这么棘手的问题。"该死的。"猎人自言自语,"巴特,我们要赶时间了。现在去镇上,或者还能赶在商店关门之前买一个奶瓶回来。"莉莉就在这时候睁大了眼睛,认真地盯着猎人的脸。她似乎已经知道她除了信任他没别的选择,信任这个为了自己的奶瓶而焦灼的陌生人——尽管她并不知道奶瓶是样什么东西。猎人凝视着莉莉漆黑的眼珠,叹了口气:"我不相信,一只狮子怎么会笑?"

猎人的家在原野的边上。要是站在莉莉的妈妈常常站立的地方,你会以为太阳每天就是落在猎人他们家的烟囱里了。但其实那是不可能的,太阳那么大,烟囱那么窄。烟囱装不下太阳,只装得下那些柔若无骨的烟。柔若无骨的烟缓慢地从烟囱里挣扎出来——因为猎人正在给莉莉烧洗澡水。

莉莉的床是一个紫藤编的小篮子,猎人在里面铺上了半张羊毛毯。巴特紧张地守在篮子旁边大气也不敢出地看着猎人给莉莉喂奶。巴特知道,莉莉是个小姑娘。莉莉是个娇嫩的小姑娘。所以巴特简直不清楚自己该如何对待她,除了轻轻地把自己的爪子搭在她的摇篮边上。奶瓶买回来了,猎人自然是领受了一番杂货店老板娘善意的嘲笑。莉莉一开始拒绝着那个塑胶的奶嘴,因为它散发着一种陌生的不友好的气息。"莉莉,乖女孩,来呀。"猎人的手指温暖地抚弄着莉莉柔软的肚皮,然后说:"巴特,小心点,别把口水滴到莉莉身上。"巴特恼火地瞪了一眼猎人，依旧吐着粉红的舌头。猎人当然不知道巴特是在跟莉莉说话。巴特说："莉莉，你是莉莉，我是巴特。你明白了吗？你是莉莉，你是你，我是巴特，我是我。不对，你是我，我是你，我的意思是，你是你的我，我是你的你，哎呀不对，我的意思是，对你来说，你是我，我是你；对我来说，你是你，我是我。"天哪这件事情还真是复杂。该怎么跟莉莉解释清楚呢？巴特除了用力地抖着他的舌头之外，想不出更好的办法了。

晚上，猎人的小屋很暖和。炉火生动地烧着，满室松木的清香。灯光和火光把这个屋子变成了一种奇怪的颜色，至少那不是你在原野上找得到的颜色。寂静的夜里天地混沌，外边很冷，把满地月光冻成了一个巨大的冰块。远处的狼嚎就像是一双冰鞋那样在冰块上划着复杂动人的轨迹。猎人没有邻居。最近的邻居就是山脚下的村民了，可是小屋离山脚少说也有十公里。莉莉和巴特喝的牛奶就是来自村庄里的一群母牛。村民们很尊敬猎人，因为村里一年一度的祭祀庆典上，所有供奉祖先的野兽和鸟都是猎人打来的。今年猎人居然打到了一头狮子，而且还是一头刚刚生育过的母狮子，这是个吉兆。

"莉莉。"猎人得意地说，"我是他们的英雄，你知道吗？他们会送来数不清的新鲜牛奶和熏肠。熏肠给巴特，牛奶都是你的。"莉莉四脚朝天，在温暖的水波里动了动。"莉莉。"猎人说，"明天我会去村里叫木匠给你做一个小澡盆。今天只好用巴特的了。就凑合一下，

11

好吗?"

莉莉没有反应。因为她睡着了。猎人把她轻轻地放在小篮子里,她立刻乖乖地蜷缩起身体,其实她一点都不冷,只不过这是她从前世带来的关于旷野的记忆。巴特卧在她的小篮子旁边,伸出他的爪子护着小篮子。猎人关掉了灯,走向一张很大的橡木床。他们一家三口酣然入梦,幸福的生活就这样简单地开始了。

莉莉是猎人和巴特的宝贝。这是莉莉从有记忆起就知道的事情。莉莉就带着这种记忆心安理得地出落成一个任性的姑娘。那只紫藤的小篮子早就睡不下了,有一段时间猎人甚至允许莉莉跟自己一起睡在那张宽阔的橡木床上。那是巴特从来没有享受过的待遇。夜晚,当猎人说:"现在我们要睡觉了。"莉莉就非常灵敏地跳上橡木床,忘不了炫耀地骄傲地看巴特一眼。然后猎人关上了灯,因此莉莉永远不知道一片黑暗之中巴特对她的炫耀报以宽容甚至是纵容的微笑。巴特是不会忌妒莉莉的,巴特要保护莉莉。尽管要不了多久,莉莉的个头就比巴特高了。

当橡木床也容不下莉莉的时候,猎人从柜子里拿出一张金黄色的、厚厚的毛皮,把它铺在离炉子不远的地板上,说:"莉莉,过来试试看。"那张毛皮真暖和,真舒服,比猎人的床垫还软。上面有一种莉莉很喜欢的气味。莉莉高兴地在上边打滚儿,把她的脸使劲地在毛皮上蹭,直蹭到脸庞发热为止。猎人看着莉莉撒野的样子,微笑:"莉莉,它是你妈妈。"莉莉没有听见这句话,当时她正在非常大方地招呼巴特："巴特，我把这张毯子分一半给你。你睡这边，我睡那边。"

莉莉已经学会用人的方式辨认这个世界了。比方说，她已经知道了这片原野上很多东西的名字。她知道了山是山，水是水，树木是树木，太阳是太阳。当她走出他们的小木屋，一脚踏进厚厚的落叶里的时候，她会迎着吹到脸上的凉凉的风，想："秋天来了。"当她敏捷地把一只獐子踩在她的前爪下面的时候，她会想："它就要死了。"这本不是一只狮子应该有的方式。莉莉就是在不知不觉间遗忘了关于前生的记忆的。不过晚上，常常是在晚上，她卧在那张暖和的毛皮上听着狼在月光下至情至性地嗥叫的时候，心里会有一个地方隐约地一动。那个声音是一样不能吃的东西。她不知道自己为什么会冒出这个古怪的念头。不过她很快就睡着了。睡得淋漓酣畅，睡梦中肆无忌惮地翻了个身，就理所当然地占据了这张毛皮的大半。同在睡梦中的巴特颇为知趣地缩到了毛皮的一角，似乎同样忘记了莉莉当初"一人一半"的承诺。

无论如何，莉莉在慢慢长大。对于猎人来说，莉莉和巴特现在是他不可缺少的左膀右臂。有莉莉在，猎人总是不费吹灰之力。因为莉莉总会在第一时间像颗子弹那样冲着猎物饱满地冲出去，带起周围一阵肃杀的风。猎人惊讶地说："巴特，你注意到没有？莉莉跑得好像要比一般的狮子快。怎么会这样呢？简直像一头豹子。"

莉莉喜欢奔跑，奔跑的时候她会觉得自己

变成了耳边呼啸着的风。自己不存在了,莉莉不存在了。只要你肯奔跑。莉莉不知道,自己之所以如此痴迷奔跑的原因恰恰是,她不知道这件事情的名字叫做奔跑。那只显然已经筋疲力尽的鹿仓皇地回头,含着泪看了莉莉一眼,莉莉美丽的头颅一歪,纵身一跃,咬断了鹿的脖子。鹿只发出了一声很短暂很微弱的哀鸣,连血都没流多少。莉莉最迷恋的就是那最后的纵身一跃,那个时候的闪电般的力气好像不是来自自己的身体,而是来自神明的相助。在那样的纵身一跃里,自己变成了神明。"乖女孩。"猎人从后面赶上来,骄傲地拍着莉莉的脑袋。然后把鹿扛在肩膀上。鹿的眼睛依旧睁着。巴特兴奋地跑前跑后,摇头摆尾。莉莉则是高高地昂着头,端庄地走在最前面,听着身后猎人有力的脚步声。猎人扛着鹿昂首阔步的样子就像是一尊青铜雕像。夕阳西下,是黄昏了。莉莉恍惚间觉得,自己刚才咬在鹿的脖子上的那一口似乎是连夕阳一起咬破了,所以才有这满地的晚霞缓慢地、深情款款地流淌出来。

那天的晚餐是鹿肉。猎人吃熟的,莉莉和巴特吃生的。其实莉莉是很喜欢散发着松枝香的烤肉的味道的。可是不知道为什么,自从她可以帮着猎人打猎之后,猎人就不再给她吃熟肉了。曾经有很多次,莉莉赌气地把猎人放在她面前滴着血的羊腿踢开。猎人叹了口气,蹲下来,摸着莉莉的脑袋:"莉莉,要听话,我是为你好。你已经长大了,你吃惯了熟肉,以后怎么办?"莉莉不知道什么叫"以后怎么

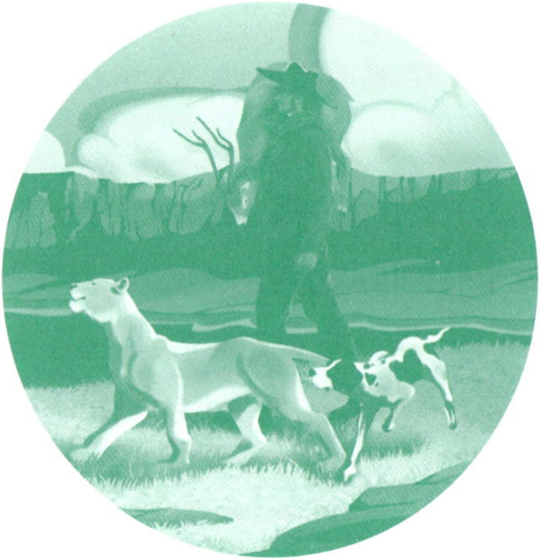

办",她倔强地缩在她的毛皮毯子上,一动不动。这个时候巴特走了过来,默默地叼起那条羊腿,深深地看了莉莉一眼,然后狼吞虎咽了起来:"莉莉,很好吃的,你看呀,我陪你一起吃好不好。"猎人和莉莉都愣住了。对巴特来说,他不知道猎人为什么要这么做,但是他相信猎人有猎人的道理。可是怎么才能让莉莉这个娇纵惯了的孩子听话呢?巴特想不出什么其他的办法了。

生肉很冷,有股原始的腥气。可是巴特自己也不知道,那条生羊腿,那条莉莉是因为他才肯吃的生羊腿就是离散的前奏。

那一天猎人带着巴特和莉莉到镇上去。镇子很远,每一次他们都是搭着村子里的人们的车去的。要经历很长很长的颠簸,可是车窗外面是永远的一马平川,就好像他们从没有走远过。猎人每隔一两个月总会到镇上去一次。买些必需的东西,去唯一的邮局取回来自远方的信。总是有人给猎人寄明信片来,从各种各样不同的地方寄来的明信片。寥寥数语而已,可是猎人看得很认真。莉莉跟巴特都不认识字,所以他们俩都觉得猎人那副认真相滑稽得很。去镇上的日子是巴特的节日,他是那么喜欢镇上,每一次,远远地看见镇上的炊烟,他就高兴地"汪汪"乱叫,似乎比看着猎人烤鹿肉还要过瘾。可是莉莉就不大喜欢镇上,莉莉不喜欢那么多的人。尽管镇上所有的人都认识莉莉,都善待莉莉。

  猎人当然是要去镇上的酒馆喝两杯的。酒馆里的人们都热情地跟猎人打招呼。莉莉认得他们，婴儿时代的莉莉熟知他们中的每一个的膝盖的气味。他们的手掌温热而遍布老茧，那是辛勤的印记。他们抚摸着莉莉的脑袋："我们的小姑娘已经这么漂亮了。"猎人微笑："当然。""真是不容易。"村里的木匠因为赶集碰巧也在镇上，"莉莉，你知不知道我一共给你做过多少个澡盆啊？"他是个和善的老人家，稍微喝一点酒脸就发红。"澡盆有什么用？"酒馆美丽的老板娘端出一杯猎人常喝的酒，热辣辣地看着猎人的眼睛，"莉莉已经长大了，我看你到哪儿去给她找头公狮子来才是正经。""你还是先操心你自己吧。"猎人熟练地接招，"到哪里给你自己找个男人来才是正经。""哈！"她把酒杯重重地往面前的桌子上一蹾："嫁给你，你要不要？""我？"猎人笑了,"我倒是想要,可是你得问问我们莉莉愿不愿意你来当后妈。""噢——我不知道这儿还有一尊神仙忘了拜。"女人弯下了身子,调侃地摆弄着莉莉的尾巴。她身上那股浓郁的香气是莉莉不喜欢的。莉莉烦躁地甩甩尾巴,一头顶在女人高耸的、软绵绵的胸脯上,冲着她龇牙咧嘴。这下酒馆里所有的人都哄堂大笑:"要死哟。"女人轻轻拍了一下猎人的肩膀,然后也跟着所有的人一起笑了。巴特在这一片哄笑声中如鱼得水地吐着他粉红的舌头,一副激动的样子。

在莉莉的记忆中,那天晚上猎人其实是很高兴的。也许是因为那些酒,也许是因为酒馆里那个美丽女人的调笑,也许是因为镇上的人间烟火慰藉了长年累月荒原的寂寞,也许是因为他终于又从那人间烟火中回到他寂静的家园里。总之,那天晚上,猎人突然蹲下身子,慢慢地看着莉莉的脸。他看上去真的很高兴,他伸出手,一点一点,无限珍惜地抚摸着莉莉。于是莉莉也懂事地用她的小脑袋蹭猎人的手心。炉火映红了猎人的脸,他的眼睛里漾起来一种迷蒙的东西。莉莉在他的眼睛里看见了两个自己,他忧伤地说:"莉莉,四年了。"

第二天早上他们一如既往地出门打猎。不过去的是山里。这让巴特很高兴。巴特喜欢进山里,因为他的灵敏的鼻子在山里派得上大用场,往往是因为他,才寻得着猎物的踪迹。可是莉莉就很泄气,因为莉莉喜欢原野上一马平川的视野,在山里的时候猎人多半是用不着她的。天气已经变凉了,寂静的山中听得见松果噼啪坠地的声音。那些小松鼠们远远地看见他们来了，一个个像是舞蹈一样轻盈地藏匿于树枝间。猎人用猎枪指着桦树下面一堆巨大的粪便，微笑说："巴特，看，熊来过了。"巴特兴奋地轻吠一声表示赞同。

莉莉懒洋洋地跟在他们后边，提不起一点兴致。山里的空气很好，可是不知为什么总是有种凛冽的阴谋在蠢蠢欲动。潮湿的泥土上留下莉莉花蕾一样的脚印，莉莉有些落寞地耷了耷自己的耳朵。然后她听见了水的声音。

那是一个峡谷。不算大，但是很深的峡谷。瀑布从遥远的、看不见尽头的地方汹涌而来，欢腾地在峡谷中粉身碎骨。火红的枫叶落满了水流不到的地方，宁静地腐烂着。莉莉的耳边充斥着水的声音，水在欢呼，在惊叫，在碎裂——那是莉莉在原野上没有见过的东西。每一次,当莉莉轻松地跳起来扑向一只猎物的时候,它们濒死的脸上从来都是呈现一种漠然的安静,不会像这些水一样,这么陶醉,这么不在乎。莉莉警觉地回过头,她已看不见猎人和巴特的影子。

起初莉莉并不着急。她笃定地相信不一会儿就能听见猎人焦灼地唤她的声音。她甚至颇为自得地享受了一会儿这来之不易的自由。但是没过多久,莉莉就开始不安了,又过了一会儿,她开始害怕了。山林总是不动声色的,天空也是不动声色的,峡谷还是不动声色的,在这巨大的不动声色中莉莉感觉不出一丝一毫猎人和巴特的气息。她的耳朵像是蝴蝶翅膀那样扇个不停,爪子一下一下地刨着柔软的逆来顺受的泥土。瀑布的声音越来越响了，恍惚中莉莉觉得自己在这喧嚣声中辨认出了巴特"汪汪"的嗓音。莉莉用尽全身力气叫了一声："巴——特——是你吗？我在这儿，你在哪儿啊——"

莉莉不知道自己这一声喊叫让整个山谷里的野兔和松鼠都瑟瑟发抖地缩成了一团。它们不知道这只美丽的母狮子其实没有一丁点杀意，她只是在寻找她的亲人。山谷里依然静谧。没有回音，只是阳光，阳光像叹气一样地偏西了。猎人没来，巴特也没来，但是莉莉看见了他缓慢地从峡谷的那一端绕了过来，静静地靠近她。美丽的鬃毛在风里不羁地抖动。我决定管这个闯入莉莉的故事的新角色叫阿朗。其实他是没有名字的，不过就叫他阿朗吧。因为他出现在莉莉眼前的那一刻，天空无限清爽，阳光就像他的鬃毛那样不可一世地放纵着。

阿朗静静地说："莉莉，我注意你很久了。"

"你是谁？"莉莉有些迷糊。

"我是你的同类。"

"你是说——"莉莉迟疑地靠近他，身体蹭到了他的脖子，"你也是一只狮子对不对？"

"这句话应该我来问你，莉莉。"阿朗笑了，"你真的还记得你自己也是一只狮子吗？"

"你是从哪儿来的呀？"莉莉有些不高兴地跳开了，充满敌意地望着面前的阿朗。

"莉莉。"阿朗认真地说，"你很漂亮。"

"我知道。"莉莉骄傲地仰着头。

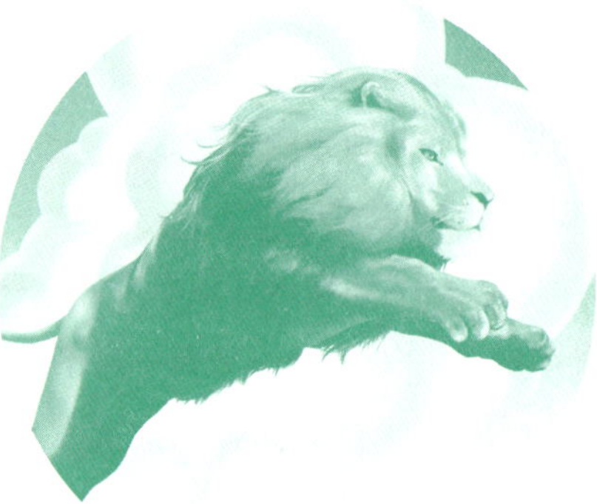

"那你知不知道,你应该跟我走?"

"那可不行。"莉莉调皮地眨眨眼睛,"我得回家,猎人跟巴特现在一定在到处找我了。"

"你是一只狮子,莉莉。"阿朗坚定地说,"狮子是没有家的。"

"我有。"莉莉倔强地反驳。

"你总有一天会没有。跟一只猎狗一起给一个人打猎,真荒唐,那不是你该做的事情。"阿朗神秘地微笑了,"想不想知道,你该做什么?"

莉莉困惑地看着他,这个时候阿朗突然转过身,后退了几步,眼睛里有种灼热的东西开始燃烧。然后他弓起身子像旋风一样地奔跑,再然后,对着深邃的峡谷,纵身一跃,像是要寻死一样不管不顾。当然是没有死,他轻盈地、没有声音地落在峡谷另一边的满地红叶上。莉莉出神地看着他奔跑、起跳、飞翔，看着他在几秒钟之内变成了一个神明。那里面有种似曾相识的东西，莉莉明白了，她看见了自己。在原野上追逐猎物的时候，当你的杀气在体内积满，就要溢出来的那一个瞬间，你就会像现在这样，轻盈地、义无反顾地纵身一跃。

"看到了吗？莉莉？"阿朗又跳了回来，他眼睛里散发着火焰熄灭后余烬的温度，"你要不要试试？"

莉莉犹豫地摇了摇头："太深了，也太宽了，我不行。我跳不了那么远。"

阿朗嘲讽地笑了："你居然还敢说你是一只狮子。你一定没有听说过关于这个峡谷的传说。"

莉莉迟疑地说:"没有,事实上,我今天是第一次来。"

"住在这个原野上的每一只狮子都要跳一次这个峡谷。每一只,一辈子,总是要从这儿跳一次。不是每只狮子都能像我一样轻松地跳过去,有的狮子就死在这儿,这个峡谷底下的瀑布里。可是就算是这样,我们还是必须冒一次险,至少跳上一次。这是我们身为狮子,必须要做的事情。"

"为什么?"莉莉问。

"问为什么是人的习惯,莉莉。"阿朗说,"你不应该有这种习惯,因为那会冒犯神灵。"阿朗突然间靠近她,非常近,莉莉从来没有这么近距离地打量过一只公狮子的脸。她像前一天晚上在猎人眼睛里那样看见了两个小小的自己。阿朗温柔地看着她,说:"我们一定还会再见面的,莉莉,我在你的眼睛里看见了渴望。"

他的呼吸吹到了莉莉的脸上,让莉莉莫名其妙地有些慌乱。这个时候他潇洒地甩了甩鬃毛,说:"你不认识路,我带你走出山去。"

莉莉的爪子轻轻地碰了一下他绚烂的鬃毛,悄悄地想:"多美啊。可是为什么我就没有呢?"

夜幕降临了。小屋里依旧燃着炉火。猎人把半只烤熟了的山鸡放在巴特面前,说:"吃吧,巴特。前段日子委屈你了。现在莉莉走了,你可以像以前那样吃东西了。"巴特默默地站起身,看也不看面前的山鸡,走到屋角把自己蜷缩成一团。"巴特。"猎人耐心地说,

"我知道你生我的气了。可是莉莉跟你不一样。当初我把她带回来是因为她还那么小,如果把她独自留在原野上她是活不下去的。可是现在她大了,她已经可以自己捕食了,她就必须回到大自然里。就是这么简单,巴特。"巴特依旧一动不动,只是喉咙里发出一阵"咕噜咕噜"的声音以示抗议。猎人当然是听不懂巴特的话的,巴特其实是在说:"那你有没有问过莉莉自己愿不愿意呢?"猎人蹲下身子,拍拍巴特的脑袋:"伙计,相信我,我和你一样舍不得莉莉。"巴特粉红的舌头又愤怒地伸出来了,他重重地喘着粗气,他其实在说:"莉莉也一样舍不得你和我。这才是最重要的。可是你当然不会这么想。你永远忘不了你是主人。"

猎人脸上的火光轻轻地抖动了一下。然后是一声门响。巴特一个箭步冲上去，把站在门口的莉莉扑倒在地上。已经有很久，他们没再像小的时候那样拥抱着在地上打滚了。巴特紧紧地拥着莉莉，莉莉笑了，开心地嚷："巴特你们到底在搞什么鬼啊？你们没想到我自己也找得回来吧。我厉害不厉害，巴特？"莉莉想其实自己有些吹牛了，因为如果不是那个阿朗的话她自己是无论如何也走不回来的。巴特不知道莉莉的脸上为什么突然浮上来一抹陌生的娇羞，巴特没命地舔着莉莉的脖子，莉莉的脸，喉咙里"呜呜"地哼着。莉莉被弄得很痒，所以莉莉没有在意巴特为什么要一遍又一遍地说："莉莉。对不起。对不起。对不起。"

　　猎人是在这个时候走上来的。莉莉扑上去

舔他的脸的时候他躲开了。他伸出手，轻轻地握住了莉莉的一只前爪，他说："莉莉，听我说，你不可以再回来了。知道吗？"莉莉愣了一下，然后继续撒娇地在他的手心里蹭自己的小脑袋。可是猎人站起身，"吱嘎"一声把门打开了。深蓝色的夜空和漆黑的原野就这样猝不及防地闯进温暖的小屋里。炉火跟着跳了一下，水波荡漾似的，在猎人的脸上抖动出了一些涟漪。莉莉惊愕地望着猎人，她隐约明白了这扇门是为了她才开的。

"走吧，莉莉。"猎人说，"你必须回去。回原野去。你的同伴都在那里，身为一只狮子，你没道理夜夜都睡在火炉旁边。莉莉。"他蹲下身子，摸了摸她的脑袋，"你长大了。你该当新娘子了。懂吗莉莉？你跟巴特不一样，你

35

是女孩子，总有要离开家的那一天。因为不离开家你就没有办法做妈妈，没有办法为你的孩子找来一个爸爸。莉莉，听话，走吧，别再回来。"

巴特紧张地在屋角竖起了耳朵，用一种近似于凛冽的眼神打量着这个场景，他看见莉莉歪了一下头，憨憨地、莫名其妙地看着猎人。细细的尾巴在宝蓝色的夜幕里像根芦苇那样妩媚地晃动。

"莉莉，勇敢一点。"猎人拍拍她的身体，"走，走吧。"莉莉很迟疑地往后退了几步。刚刚退到门外的时候，小屋的门就猝不及防地关上了。

那是莉莉第一次在夜晚的原野上细细地凝视自己的家。很深很深，就像个巨大的湖泊那

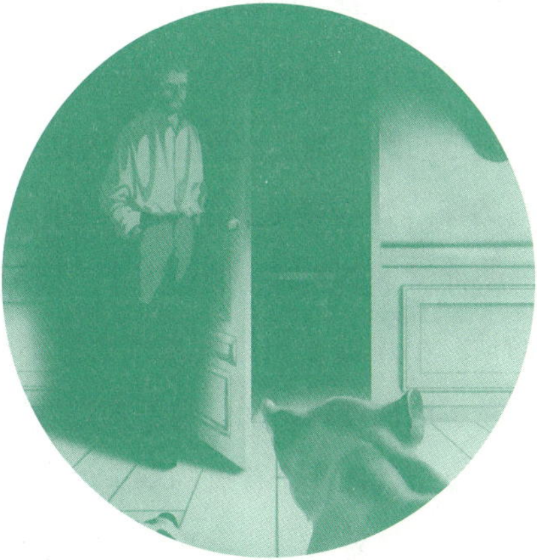

么静谧的夜晚里他们小屋的灯光就像是一颗从天上掉下来的流星,照亮了这个屋子木头的、敦厚的轮廓。夜风四起,莉莉觉得自己的身体像是一个被拿去塞子的玻璃瓶。夜静静地、自由地灌注了进来,凉爽得很。那一瞬间莉莉心里几乎是感动的,她从没这样看一眼她平日司空见惯的家。她慢慢地走了几步,回一下头,走到一棵桦树下面的时候她停下了,因为再往前走的话,小屋窗子里的灯光就会看不见的。莉莉卧在了这棵桦树下面,她不知道她缓慢地卧下去的姿势就像一个优雅的女王,她只是非常肯定地想:只要过上一会儿,猎人就会给她开门的。夜空很远,很高,狼又在远处开始嚎。莉莉模糊地明白自己现在就像是一个回忆一样跟这片原野自然而然地融为了一体。没有房子的阻隔，没有灯光造成的温馨的假象。这样其实也挺好，她愉快地望着自己呼出的一团清爽的白霜，然后想，真冷呀，所以猎人一定马上就要给她开门了。

这个时候巴特羞耻地卧在窗子旁边，为自己一个人享受着炉火而脸红。

不知过了多久，月光照亮了莉莉面前的土地。在月光中莉莉倔强地抱紧了自己。一只乌鸦从月亮上飞了过去，凄清地叫着。

门终于开了。漆黑的夜突然睁开了一只橙红色的温暖的眼睛。莉莉快乐地朝着熟悉的方向飞奔而去，四肢被冻得有点僵了，不过没关系，莉莉已经闻见熟悉的气息了。猎人站在她的面前，忧伤地摇了摇头。

"莉莉。"他说，"你不懂我的意思吗？你等在这儿是没有用的。从现在起这里不是你的家了。我让你走,你得回到你来的地方去,你明白吗?"

莉莉恼怒了。因为猎人居然在她马上就要接近温暖的炉火的时候拦住了她的路。你太过分了吧。莉莉瞪着猎人,眼神愤怒得像是冰蓝色的火焰。

猎人突然弯下腰,从地上拎起铺在火炉边的毛皮。那是莉莉跟巴特睡了好几年的床。那上面散发着让莉莉最喜欢最安心的气息。猎人非常猛烈地在莉莉的鼻子前面抖动着它。很多受了惊吓的灰尘于是在周围的灯光里欢喜地舞蹈。

"莉莉,看看这个。"猎人直视着莉莉的眼睛,"你记不记得我跟你说过,这是你妈妈?

记得吗?它是你妈妈。现在我告诉你,你妈妈是被我打死的。这张皮是村里祭祀完了以后才剥下来的。我不是你的亲人,我本来应该是你的仇人。莉莉,你懂了吗?"

你胡说。莉莉扑了上去。她只是想赶开这块该死的毯子而已。她听见巴特在屋角的一声短促暴烈的惊呼。短暂的寂静,然后她看见了血。

"巴特,你安静点,没事。"猎人平静地说,一边从已经被抓破的衣袖上撕下来一条。熟练地扎在自己染红的手臂上。屋子里只剩下莉莉和猎人重重的喘息的声音。血微妙的气息让莉莉莫名其妙地眩晕。那是一种熟悉的,跟征服相关的气味。莉莉不知道原来猎人也是会流血的。

"很好。"他把他受伤的手臂伸到莉莉跟前,"其实你我的关系本来应该如此。无论如何,你是一只狮子。下次见面的时候,那应该是在原野上,或者是山里吧,别忘了你要像刚才那样对待我,莉莉。"

莉莉转过了身。苍茫的夜色给了她一个寒冷的、柔情似水的拥抱。她想:已经是冬天了。

她终于还是在那棵桦树下面停下了。她犹豫着,要不要像刚才那样卧下去。不过这一次,不是为了等待。她知道那扇门是真的不会再为她而开。那么是为什么呢?她想不清楚自己究竟是失去了什么东西,还是搞错了什么事情。她的眼睛突然间像星星那样闪了一下。因为那种明白自己永远失去什么东西的感觉很恐怖。

然后她看见，阿朗来了。

阿朗就像是从月光里游出来的一样。无声无息，温柔而蛮横地踩倒了原野上蒙了一层霜冻的小草。阿朗静静地说："莉莉，我说过。我们还会再见面的。"

那天晚上，莉莉成了阿朗的新娘。她不知道当她懵懵懂懂地跟着阿朗朝山的方向行走的时候，猎人就站在小屋的窗前，看着他们的背影。然后猎人微笑了："巴特，我说过，莉莉是个了不得的姑娘，你看怎么样，漂亮的女儿永远是不愁嫁不出去的。"巴特懂事地卧在墙角，他知道背对着他的猎人的表情此刻很落寞。

莉莉从来没有试过在满天的星斗下面睡

觉。阿朗卧在她的旁边，挡住了风。阿朗说："你慢慢就会习惯。我每天晚上都会卧在能给你挡风的那一边，这一点，你可以放心。"莉莉顺从地把她的小脑袋贴在阿朗的肚皮上，温热的。她听见阿朗的心脏跳动的声音。"那你呢？"莉莉有点不好意思，"你就不冷吗？"莉莉只有在面对猎人跟巴特的时候才会心安理得地享受所有的关怀，相反，如果这关怀来自其他人，她就会觉得不安，觉得受之有愧。其实正是因为她拥有过太多的宠爱，所以她才会对分外给予宠爱的人格外敏感。"莉莉。"阿朗像是知道她在想什么，"从今天起，你就把我当成猎人和那只笨狗吧。"阿朗笑笑，"因为现在我就是你唯一的亲人了。""巴特不笨。"莉莉不同意地说，突然觉得心里有一阵很紧的疼

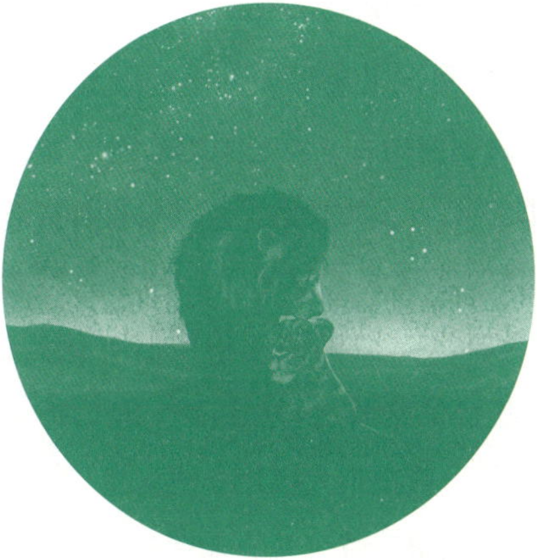

痛。因为她想起她慢慢地迎着辽阔寒冷的夜色从小木屋里走出去的情形。她转过脸,睁大眼睛看着满天的繁星,她不愿意想下去了,她说:"阿朗,你知道为什么月亮很好的时候就看不见星星,星星很多的时候就看不见月亮吗?"阿朗伸出舌头舔了舔她的脸:"本来就是这样的,有什么为什么。""我觉得月亮碎了的时候就变成满天的星星了,你说对不对呀。"莉莉认真地看着阿朗。阿朗温柔地微笑了:"对。我也是这么想的。莉莉,我们睡吧。"阿朗微笑的时候跟猎人很像,很温暖,可是有股很冷静的,跟权威有关的寒意不动声色地藏在这微笑后面。不要再想猎人了,莉莉对自己说。她知道也许她跟猎人再也无法相逢。不要再想,不要再想了吧。那种滋味真是恐怖,那不是莉莉熟悉的任何一种滋味呀。

　　大多数动物都比人要擅长遗忘，那是为了生存。忘掉曾经的危险、饥饿、恐惧，还有伤害。然后，心安理得地跟岁月艰辛地相处下去。在这个生生不息的自然里，有那么一瞬间，发现了某种神谕般的宇宙的真相。因为没有语言跟记忆，也就淡忘了，并没有觉得自己发现的东西有什么了不起。可是莉莉毕竟有些不同。她有比别的动物更深，以及色彩更鲜明的回忆。往昔的岁月，人类的语言，等等，总是在某个意想不到的瞬间跳出来折磨她，让她领受那种煎熬的滋味。莉莉咬紧牙忍耐着，对这种折磨守口如瓶。把莉莉从一个少女变成了一个妇人的，其实并不是阿朗，而是这种没有尽头的忍耐。

有些事情永远不能对任何人说。有些事情永远是只有自己知道就足够了。可惜阿朗就不明白这个。他是那么喜欢倾诉。好像对他来说，再大的苦难都是可以拿出来跟人讲的。莉莉卧在他的身边，充满怜爱地看着他的脸。这是我的男人。莉莉微笑着对自己说。他是我的，这个跟我水乳交融，跟我骨血相连，跟我有肌肤之亲的男人。

阿朗总是不厌其烦地回忆着过去。阿朗是狮群里的王子，准确地说是曾经是。当阿朗的父亲老去的时候，年轻力壮的狮子便起来推翻他。经过整日的搏斗跟厮杀，年轻的狮子终于咬断了他的喉管。"他已经体无完肤。"阿朗忧伤地说，"我不知道他怎么可以撑那么久的。"新的王产生了，整个狮群里的成年公狮第一件要做的事，就是一起杀掉死去的旧王的全家。可是阿朗逃了出来，从此开始了他流亡的日子。

"莉莉。"阿朗热切地看着她的脸，"答应我，给我生孩子。我们会生很多很多的孩子。然后我们一起去找他们。我得把属于我的东西夺回来。莉莉，你生来就是要做我的王后的。我知道，我一直都相信一件事，世界上既然有一个像我一样的阿朗，就一定会有一个像你一样的莉莉来跟我遇上。不对吗？"莉莉宽容地看着他，心里暗暗地叹气："你呀。"

莉莉对所有与征服有关的事情都没有兴趣。杀戮从来都不是也不该是一样用来见证荣耀的东西。杀戮是为了自己的生存。仅此而已。就算你是狮子，是一只会被很多动物害怕的狮子,也是如此。但是莉莉从来就不会对阿朗说这些。她只是静静地、美丽地微笑着,看着正在梦想的阿朗。阿朗说:"莉莉,你知道。我本来就是一个君王。"莉莉回答:"是。当然。"阿朗说:"莉莉,你知道。我不是为了要报仇,不是。我为王位而生。"莉莉说:"是。我知道。"阿朗说:"莉莉,我总是会梦见他,那个咬断我爸爸的脖子的家伙。他有一点特别,他颈子上有一圈毛是黑色的,像是凝固了的血。我想象过很多次,很多次。我就是要对着那圈黑色咬下去,让新鲜的血流出来,覆盖它。莉莉。"莉莉回答:"没错的。你应该这样。"阿朗的声音缓慢了下去,似乎是困了,他低声说:"莉莉。我也不知道为什么。有的时候,你很像我妈妈。我这么觉得。其实我已经不再记得我妈妈长什么样子了。"

在阿朗平缓的、沉睡的呼吸声中,往事就这样涌了上来。像鲜红的、翻腾的血液那样涌了上来。猎人说:"莉莉,你的妈妈是我打死的。明白吗?我不是你的亲人,我原本该是你的仇人。你明白吗?"莉莉其实不明白。莉莉从来就没有仇恨过。莉莉懂得那些蕴含于赤裸裸的厮杀中的寒冷的,没有道理可讲的规则,可是她从来没有真正地仇恨过谁。然后莉莉问自己:阿朗知道什么叫仇恨吗?好像是不知道的。其实他只是想征服跟战胜,并不具体地针对什么人。远方的天空被火光映红了,莉莉听见了号角跟音乐的声音。那是祭祀,是村子里的祭祀。莉莉的心脏狂跳了起来,她怯生生地推醒了阿朗:"阿朗,我们去看祭祀,好不好?"她被自己言语间那种颤抖的渴望吓了一大跳。她没有追问自己那到底是为什么。

当莉莉轻车熟路地带着阿朗来到岩石上边的时候,阿朗很不满地嘟哝着:"莉莉,你为什么总是对人的事情这么感兴趣?"巨大的岩石脚下的篝火映红了阿朗俊美的脸庞。莉莉充满歉意地望着他,阿朗终于叹了口气,不再抱怨了。村子里的祭祀仪式就在他们脚下,一览无余。莉莉屏住了呼吸,目光灼热地盯着那个往日的最最熟悉的位置。曾经,她和巴特就坐在那里,人们给他们俩带上沉重又绚烂的花环。人们热闹地说:"瞧瞧这兄妹俩,多神气啊。"但是现在一切都变了,莉莉静静地待在峭壁后面,她知道那已经不再是她的生活。

可是猎人不在人群里,巴特也不在。在这

个最盛大的节日里，英雄居然不在场。莉莉知道，有事情发生了，而且是不好的事情。莉莉表情淡漠地把这个事实吞下去，咽下去，就像她第一次吞下那些滴着血的生肉一样。就像这个事实也在散发着原始的腥气。也许他没有死，不应该把事情想得那么糟糕。也许他只是受伤了。也许他只不过是带着巴特去镇上了。这个时候鼓乐的声音更加地热烈了，人们围着篝火跳起了舞。阿朗兴奋地抖了抖他的鬃毛，强烈的鼓点让他振奋，因为那和心跳的声音类似。今年的舞蹈跟往年没什么区别。但是在很久很久以前，不是这样的。居住在原野上的人们把祭祀的舞蹈看得比什么都重要。舞蹈一定是每年都要换新的，要花很大的精力去排练。那个时候，很久很久以前，这都是猎人告诉莉莉的，原野上的人们都向往着盆地里的生活。因为盆地里的人们安居乐业，盆地里总是风调雨顺的，日子过得一点不像原野上这么辛苦。可是对于那个时候的人们来说，盆地太遥远了。原野上的孩子们都知道，对于盆地里的人来说，丰收是一件再自然不过的事情。可是只有当孩子们长大后，体会过劳作的艰辛，才知道随随便便的丰收是一样多么贵重的梦想。于是他们再无限神往地对他们自己的孩子说："盆地里的人们只要把种子一撒就什么都不用管了，庄稼就像野草一样疯长，管都管不住。"有关盆地的向往就这么世世代代地传了下来，偶尔，当有人真的有机会去盆地看看的时候，他们就跟盆地的人们买来一个舞蹈。舞蹈是买的，因为要用山里的野味交换，才可以跟盆地的人们学习这些舞。在祭祀的仪式上，他们会向所有居住在原野上的人们跳买来的、贵重的、盆地人的舞。于是所有受苦的人们，有了一个机会。在这短暂的舞蹈的瞬间里，以为自己变成了盆地人，变成了不必为生存担心的盆地人。只要有这么一点点念想，他们就可以任劳任怨地活下去了，哪怕丰收就像是悬挂在原野边缘上的夕阳，看上去唾手可得，可是你永远都够不到。

鼓点越来越快了，祭祀中最重要的节目来临了。人们要把他们的英雄，也就是猎人，抬起来，抬得高高的。以往，这个时候排山倒海的欢呼声让莉莉跟巴特的心里激起一阵狂喜的惶恐。因为明明知道这个场景是再快乐也没有的，可是莉莉就是能从这极致的欢乐跟放纵里嗅出一点毋庸置疑的杀气。此刻，欢呼声又在脚下响起来，像潮水一样，迷醉地冲刷着阿朗的眼睛。

英雄被人们抬起来了。但是这个英雄不是猎人。或者说，是一个新的猎人。他的头上跟脖颈上挂着跟往年的猎人一模一样的装饰。但是他不是猎人，不是莉莉认识的猎人。不用再怀疑了，莉莉的猎人已经死了。莉莉对自己凄然地微笑了一下，她知道自己终有一天会接受这件事情的，就像她终究接受了猎人的抛弃，就像她终究接受了阿朗。可是有一件事让莉莉害怕，她发现，虽然猎人已经换了，虽然英雄已经换了，可是人们还是爆发着一模一样的，震耳欲聋的欢呼声。难道说，其实他们根本就不在乎谁是那个被抬起来的英雄，只在乎这个可以欢呼的机会吗？莉莉记得猎人是用一种什么样的语气对自己说："乖女孩，我是他们的英雄。"他骗你。莉莉在心里说。你一定是为了给祭祀的盛典打一头猛兽才送命的。为了你身为英雄的荣耀。可是这根本就不是给你一个人的，不是。他们把这荣耀准备好了，可以随时给任何人。只不过你刚巧赶上。你怎么那么傻？

直到此刻莉莉才明白，猎人是她的初恋，是她此生第一个情人。但是当她看清这个的时候，她做别人的新娘已经很久了。

她宁静地转过脸，对阿朗说："我们走吧。"阿朗目不转睛地盯着脚下："为什么？刚刚才开始好看，你不要煞风景。"

"走吧。阿朗。"莉莉坚持。

"莉莉，别烦我。"他甩了甩鬃毛。

莉莉沉默了一会儿，静静地转过了身，独自朝远方走去。她的尾巴划出了一个傲慢而又优雅的弧度。夜风扑在莉莉的脸上。是凉的。远处的山静静地勾勒出一个比黑夜更黑的轮廓。从没有一个时刻，莉莉像现在一样渴望去到一个除了孤独之外一无所有的地方。无所谓依恋，自然背叛也就无从谈起。只有一种地老天荒的、遥遥无期的力量。身后响起的那声阿朗的吼声也没能动摇她心里那种无比坚硬的渴望。

"莉莉，你威胁我。"她知道阿朗生气了。

莉莉静静地转过身，深沉地看着他的脸："我没有。"

"但是你一个人走了。"

"那是因为你不肯跟我走。"

"莉莉。你这是在命令我。"阿朗的眼睛蒙着一层薄薄的冰,"你居然敢命令我。"

"我为什么不敢?"莉莉温柔地说。她本来想说"别忘了你现在还不是君王",但是她终究没有说,因为她知道那样会伤害他。

"你敢。你当然敢。那当初那个猎人把你扔到门外面的时候你为什么不走?不像刚才那样掉头就走?走得多漂亮多潇洒,难堪全是别人的。"

"阿朗,你别这么说。"莉莉的脸色依旧平静得像月光下的湖泊,所以阿朗不知道,莉莉是在乞求,"他已经死了,阿朗。别再提他。"

"我真替你害臊。"阿朗暴躁地一跃,轻盈地直逼向莉莉的脸庞,"他死了。你很难过。

可是他是人，莉莉，你居然爱他。你居然爱一个人。"

"我没有。"莉莉的眼神很无助。

"你全都看见了，那些人有多蠢。你的那个猎人活着的时候他们把他抬起来，死了以后他们换个人来抬。简直蠢得就像一群泥土里的蚯蚓，还总是喜欢自作聪明。"

"我们不也是一样的吗？否则的话，那些原来看见你爸爸就发抖的狮子们为什么还要帮着新上来的王追杀你？"

短暂的寂静过后，阿朗悲哀地摇摇头："莉莉，背叛你自己的族群对你有什么好处？你以为你真正爱了一个人，你就能变成人了吗？他们照样会朝你开枪，就像打死你妈妈一样把你当成一个庆典上的祭品。"

"那是他们的事,跟我无关。"阿朗头一回在莉莉的眼睛里看见一种凛冽的东西。

"莉莉,在这个世界上只有我不会伤害你。只有我和你才是一样的。我们都是狮子。"

"阿朗你说得对。只有我和你才是一样的。"莉莉美好地凝视着他,"不是因为我们都是狮子,是因为我们都是叛徒。"

那天晚上,当阿朗习惯性地卧在风吹来的那一边的时候,莉莉突然觉得自己从来没有像此时此刻一样眷恋他。猎人走了,这世间顿时空荡荡了起来。如果不用满腔疼痛的柔情来填满它,又该怎么办呢。阿朗转过脸,舔了舔她的脸,也不知道阿朗有没有在她的眼睛里看到那种前所未有的缠绵跟顺从。阿朗说:"莉莉,你说过,你不会离开我。"莉莉说:"对,我不会的。你记得,就算有一天你离开了我,我也不会离开你的,阿朗。"

后来,当莉莉无数次地回忆那段跟阿朗在一起的日子的时候,总是在想:他们其实从来就没有碰上过阿朗嘴里的敌人。那个狮群。有的时候莉莉也会问自己,阿朗那个关于复仇的故事到底是不是真的。但是莉莉从来就没有问过阿朗。莉莉自己也说不上来她是从什么时候开始变得这么不爱追问的。但是,她的确是对所谓的"答案""真相"之类的东西越来越不感兴趣了。转眼间,秋天又一次来临。因为莉莉从空气中闻出了一种睡眠般的凉意。阿朗总是喜欢到峡谷那里去,有事没事就喜欢跳过去再跳回来。莉莉在一边胆战心惊地看着阿朗像个贪心的孩子那样一次次跟粉身碎骨擦肩而过。

可是她从来就没有阻止过阿朗跳峡谷。因为，阿朗纵身一跃的样子真是好看死了。莉莉永远都看不够。

那一天，莉莉梦见了阿朗在跳峡谷。飞起来的时候阿朗还转过脸对她调皮地笑了一下。然后莉莉就醒来了，发现阿朗不在身边。莉莉找遍了整个原野，那几天所有的动物们都见过一只不知疲倦地狂奔着的母狮子。野兔们疑惑地说："也许她是疯了。"最终她停了下来，转向了那个她一直逃避着的方向。

她以为她将在峡谷的下面看到阿朗的尸体。可是阿朗不在那里。那里除了峭壁跟激流之外，没有一点点别的痕迹。水的声音是很暴虐的，至少它不能给莉莉任何意义上的抚慰。就像庆典上人们的欢呼声一样危机四伏。当你经历过离散之后,你就可以在周围的空气中嗅出永诀的味道来。莉莉缓缓地卧在了峡谷的旁边,她看见枫叶红了,她知道阿朗不会再回来了。

她不知道阿朗为什么要丢弃她。她并没有多想。原因并不重要。或者原因本就不是她该追问的东西。她想起第一次见面的时候,阿朗对她说:"问为什么是人类的习惯,莉莉,你不该养成这种习惯,因为那会冒犯神灵。"她甜蜜地,一次又一次地回味那个初次见面的场景,那时候的阿朗那么沉稳跟骄傲,眼睛里总有种可以控制一切的霸气。可是在成为他的新娘之后才发现,其实阿朗还是个孩子。她幸福地回忆着,幸福得忘记了她已经像失去猎人那样失去了阿朗。

你好像总是在最最珍惜一样东西的时候失去它。这似乎是个规律。也因此，总结出这个规律的莉莉反而对此泰然自若。如果一定要这样，那就随它去吧。一种灼热的饥饿在她体内疯长着，似乎要把她的内脏烧成灰烬。她想也不想就冲着一头远方的鹿冲了过去，熟练地咬断了它的脖子。死去的鹿冰冷的血液可以暂时扑灭她体内那团火，还有深不见底的寂寞。狼吞虎咽的时候她感觉到身后有一双眼睛在注视她。她不慌不忙地转过头，唇边带着一缕血迹。

"莉莉。真的是你。"巴特说。

那一瞬间她不知道自己该使用什么样的表情。她慌乱地想，自己这样冷漠地一言不发，巴特说不定会生气的。她不知道巴特心里在想：莉莉真的一点都没有变，你看，吃东西的时候还是那种又狠又无助的眼神。

然后莉莉就看见了猎人。他朝着他们走过来，走得很慢，甚至有一点蹒跚。他居然没有带那支就像是他身体的一部分的猎枪。那个时候莉莉不知道自己该留下还是该掉头就跑。猎人已经来到了她的面前，他的那双旧靴子离她这样近。那上面散发着小木屋里的气息。可是猎人却说："巴特，走吧，我们该回家了。"

然后巴特忧伤地看了莉莉一眼，没有做声。猎人往前跨了一大步，腿碰到了莉莉的脊背。他将信将疑地蹲下身子，手慢慢地抚摸着她，他说："莉莉，是你吗？真的是莉莉吗？"巴特在一边轻轻地吠了一声，算是一个肯定的回答。

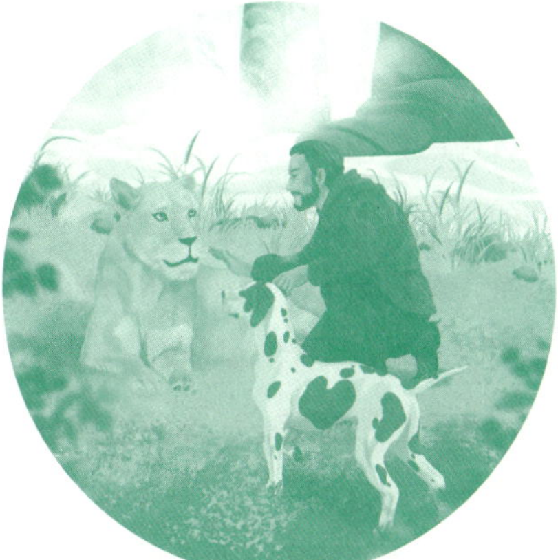

"莉莉，乖女孩。"他的掌心摩挲着莉莉的小脑袋，"我现在已经看不见你了。"这么说的时候他微笑了一下，他的眼睛依旧是他脸上最精彩的部分，像暗夜中比夜晚本身还幽深的湖泊。可是它们不能再帮他看东西了。猎人的视线现在就像一只翅膀被折断的鸟，看似停留在天地间的某个点上，其实与这个世界早已没有任何关系。莉莉闭上了眼睛，用力地在他的掌心中蹭自己的脸。"看不见就看不见吧。"她对自己说：我还以为你死了。你活着就好。无论如何，你和阿朗之间，要有一个能活下来呀。他温暖的手抚摸着她的全身、脊背、爪子、尾巴、肚子。摸到她的肚子的时候猎人愣了一下，他说："莉莉，你自己知道吗？你要做妈妈了。"

那天晚上莉莉又回到了她的澡盆里。温暖的水浸泡着她，混合着松木香。炉火把猎人的脸庞映衬得有些醉意。他似乎变了。莉莉觉得。可能因为失明的关系，跟黑夜朝夕相对，心就慢慢变得温柔了，混沌了，对很多事情不求甚解却能够明白了。不像过去那样，因着一份近乎残酷的自信，无论如何都坚守着清晰的标准。"莉莉。"他说，"你回来了。真好。"

那天晚上月色很好，把小木屋变成了一个清澈的游泳池。在猎人熟悉的呼吸声中，莉莉的小脑袋轻轻地在门上一顶，门开了，当前爪已经踩在外面的月光里的时候她突然又转过了身，因为她想再看他一眼。

"莉莉。"原来巴特没有睡着，他从那块他们的毯子上慢慢地直起了身子，"莉莉，你别走。"

"巴特。我有孩子了啊。我得去把我孩子的爸爸找回来。"

"莉莉,你不在的这些日子他很想你。你回来了,他真的很高兴。求你了,留下来。"

"可是巴特,我现在已经不习惯这样的生活了。"

"你会习惯的,莉莉。你就是这样长大的,你怎么可能不习惯?你慢慢就会发现的,莉莉,他变了太多了。自从他眼睛看不见以后。我们需要你。"

"那到底是怎么回事?他的眼睛?"

"枪走火了。"巴特的眼睛在月光下面清亮得很,"打到了他的脑袋里面。大家都以为他活不成了。可是他还是撑了过来,不过眼睛看不见了。"

"祭祀的时候,我没看见你们。我还以为他死了。"

"那个时候我们在医院里面。"

"医院,是在镇上吗?"莉莉歪着头。

"不。不是镇上。是城里。比镇上大多了。"巴特的言语间有一点骄傲,毕竟,跟莉莉相比,他算是见过了大世面。

然后他们都听到橡木床上传来了猎人愉快的声音:"莉莉,巴特。你们这两个坏孩子要是还不睡觉的话,当心我揍你们。"

他总是用这样的语气跟莉莉说话。莉莉微笑地回忆着。"多漂亮的小姑娘,我要叫她莉莉。""莉莉,喝牛奶了。""莉莉,干掉那只鹿。""莉莉,我们去镇上。""莉莉,走吧,别再回来了。"他总是这样短促，这样果断，这样毋庸置疑地主宰着莉莉的命运。现在他依然如此，尽管他已经失明，尽管他已经脆弱。他自己还没有意识到，从现在起，轮到莉莉来保护他了。

莉莉就这样留下来了。日复一日，莉莉的身体越来越臃肿，路走得越来越慢。可是孕育让她脸上散发出一种悠远的味道。莉莉五岁了，正是一只母狮子最成熟最妩媚的年纪。没有人告诉她，她倾国倾城。阿朗走了，猎人看不见了，巴特不好意思说这个。

猎人现在有大把空闲的时间。他总是沉默不语，脸朝着一个虚无的方向。村子里的人们都是好人，因为他们并没有忘记猎人。他们还是定期把食物堆在猎人的家门口。每个月镇上还会有人来，把镇上发给猎人的救济金从门缝里塞进屋子。莉莉发现，每到这个时候，猎人就会带着莉莉跟巴特去林子里散步。他想要避开这些心怀善意的人们。莉莉懂得。所以当看见镇上的吉普车远远地开来的时候，她就会走上去轻轻咬着猎人的裤脚。那意思是"我想出去走走了"。然后在出门的时候兴高采烈地跟巴特交换一个微笑。

猎人变得喜欢回忆往事。他总是说起他自己小时候的事情，也并不在乎莉莉跟巴特有没有用心听。莉莉认为这是因为猎人老了。猎人其实刚刚三十岁而已，一点都不老，只不过是心里有了沧桑。但是，莉莉对人类的年龄一点概念都没有。

那一天，村里的木匠还有很多的小孩子们

来到了他们的小木屋。木匠要带着孩子们去镇上看马戏，问猎人愿不愿意一起去。猎人微笑："要不是因为我们已经认识这么多年的话，我会以为你是来捣乱的。"木匠的鼻头顿时更红了："喂，我的意思是，这是马戏团啊，我打听过了，她在里面。"猎人沉默了很久，然后说："我要带着巴特和莉莉。"木匠说："不然就让莉莉看家吧。她的身子现在不方便……"猎人不耐烦地甩了甩头，木匠好脾气地笑了："真是没有办法，莉莉，巴特，他现在一刻都离不开你们俩。"

后来，莉莉常常想：要是那天她真的没有去镇上的话，是不是一切都不会发生了？但是她知道，她是不可能不去的，就像木匠说的，如今的猎人就像一个孩子那样时刻需要着她和巴特。所以，莉莉对自己说，谁都没有犯错，所有的灾祸，只不过是因为眷恋。

　　镇上还是喧闹。因为马戏团的到来，更闹了。孩子们激动得鼻尖冒汗，他们一边舔着彩色的棒棒糖，一边冲着正在搭帐篷的马戏团员们尖叫。这让他们觉得忙不过来，因为吃糖和尖叫这两件事不好同时进行。于是他们的鼻尖因为这种忙乱而更加勤快地出汗了。还有什么比看到马戏团的后台更让人激动的呢？怀里抱着缀满亮片的裙子的空中飞人，刚刚画好脸但是还没换衣服的小丑，大象不慌不忙地驮着一箱行头走过去了，还有驯兽师正在给会做算术的小狗们系蝴蝶结，还有鸽子们从魔术师的盒子里面飞进飞出，还有会钻火圈的狮子被锁在铁笼子里。

会钻火圈的狮子被锁在铁笼子里。

会钻火圈的狮子是阿朗。

莉莉躲在一群孩子身后,静静地看着他。他好像是瘦了,脸紧紧地抵在笼子的铁栏杆上边。离得太远了,她没有办法看清楚他的表情。

黄昏,猎人和木匠坐在小酒馆里等着马戏开场。性急的孩子们已经坐到观众席上去了。猎人自嘲地说:"听听这些孩子们欢呼的声音,也是好的。"莉莉悄悄地溜了出来,绕到大帐篷的后面去,阿朗在笼子里不紧不慢地逡巡着。

他是真的瘦了。他的眼睛里好像有种什么东西沉淀了下来。他的身上有几道红得刺目的鞭痕。他一声不响地看着莉莉的脸,莉莉自己也没有想到,她说的第一句话是:"阿朗。他们,打你了?"

阿朗微笑。不点头,也不摇头。

"阿朗。"莉莉抬起了身体,爪子搭在铁栏杆上,"我找你找得好苦。"

"我掉进陷阱里了。受了伤。"阿朗静静地说,"我本来想去峡谷。然后就碰上了他们。他们把我带走,要我钻火圈。"

"阿朗,我怀孕了你知道吗?"莉莉伸出舌头,隔着铁栏杆,她舌尖的那一点点刚好能够着阿朗的脸,"阿朗,那是咱们俩的孩子。你要做爸爸了阿朗。"

"莉莉。"阿朗的语气毋庸置疑,"听我说莉莉。我刚才看见你是跟着猎人来的,还有那只狗。猎人既然没有死,那你就应该回去,回到他身边去。然后，等这个孩子生下来以后，咬死他。明白了吗？"

"你说什么呀阿朗。"莉莉的眼睛闪闪发亮，"那是咱们俩的孩子。"

"莉莉。"阿朗摇着头，"这完全是人的慈悲，而且假惺惺的。没有我，你怎么养大他？碰到我的那群敌人，你们两个怎么活得下来？"

"阿朗。就算有你，碰到你的那群敌人的话，你以为我们就真的可以打败他们吗？"

"你是说，你瞧不起我。"

"我没有。我只是想说，你永远都在做当君王的梦，我愿意永远都陪着你做这个梦。可是你没道理把我的孩子也赔进去。"

"说来说去你还是瞧不起我。"阿朗激动地

一跃，沉闷的吼声在空气中滚起了一层又一层的浪。然后不远处响起一个清脆又放肆的声音："那头狮子又怎么了？真是伤脑筋啊。"

脚步声近了的时候莉莉躲进了旁边一堆装戏装的大木箱后面。一个女孩子停在了阿朗的笼子前面。她穿着一条粉红色的纱裙，薄如蝉翼，亮片跟蕾丝眼花缭乱的，让她看上去就像一片滴着水的花瓣。可是她手里拿着一条皮鞭。她把皮鞭轻轻地往铁栏杆上一甩。那种地狱般的响声让莉莉心惊肉跳。如果她现在敢把这皮鞭甩在阿朗身上的话，莉莉发誓自己会扑上去，熟练地咬断她的脖子。可是她没有。她把皮鞭收在白皙纤巧的手里，炫目地笑："听话一点，知道吗？宝贝儿。"

阿朗抬起脸，炽热地看着她的眼睛。她的

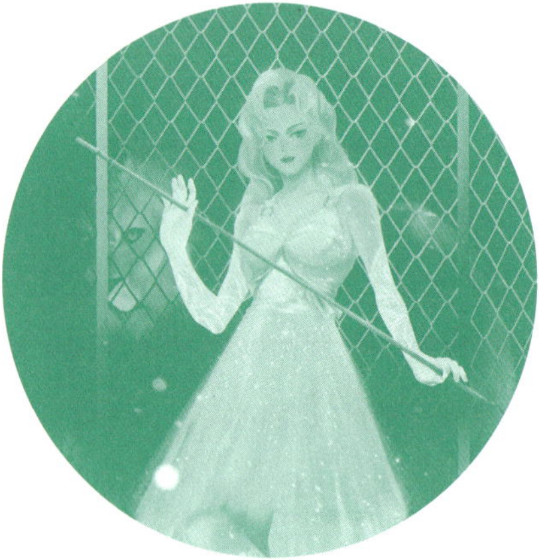

手伸过了铁栏杆,梳了梳阿朗的鬃毛,然后转过身,翩然离开。莉莉清楚,阿朗的眼睛里,有爱情。

"阿朗。"莉莉不知所措地笑一笑,"你,你在犯我以前犯过的错误。"

"莉莉。对不起。"

"你记不记得,是你自己跟我说的。你说你以为你爱上一个人你就能真正变成人了吗?"

"我从来就没有想要变成人。莉莉。"

"但是你不会再跟我回山里了,我知道的。"

"莉莉。你原谅我。"

"好吧。"莉莉咬了咬牙,"可是你要记得,要是他们打你,欺负你,你忍不下去的时候,该怎么办就怎么办，明白吗？"

"当然明白。"

"就算爱上了一个人，也不可以忘记，我们是狮子呵。所以你绝对不可以低头的，阿朗。"莉莉的眼睛亮得就像星星。

"对。不能低头。哪怕是为了活下去。"在阴郁的铁笼子里面，阿朗霸道地一笑。天色已经暗了。他身上的鞭痕在远处点亮的灯火中绽放出一种拼尽全力的红。从来没有一个时候，阿朗这么像一个真正的君王。

后来，很多年以后的后来，莉莉都常常梦到那个马戏团里灯火辉煌的夜晚。那个粉红色的女孩子在半空中飞翔，翻滚，在空气里跳舞。底下观众席里的惊呼声越响，她就越轻盈。莉莉糊涂了，她到底是一个人，还是一只蝴蝶？也许她又是人又是蝴蝶。一定是这样没错的。不然的话，她为什么能从莉莉这里夺走阿朗？

木匠在猎人的耳朵边说："她已经长大了。她穿的是粉红色的衣服。她越来越漂亮了。"

当孩子们欢呼着"狮子来了"的时候。莉莉钻到了椅子下面，把自己的身体贴在猎人的腿肚子上，这样能让她有一点安心的感觉。椅子底下很黑，还潮湿。莉莉在这局促的潮湿中紧紧地闭上了眼睛。她听见孩子们尖叫着："那是真的火！"还有："看哪，真的跳过去了！"一个孩子把棉花糖的彩色包装袋扔到了椅子下面，莉莉慌乱地把它咬在嘴里。是种淡淡的，莉莉从童年起就熟悉的甜味。那种人类的甜味可以让莉莉对此时此刻杀气腾腾的欢呼声勉强地产生一点信任。祭祀的时候他们也是这样欢呼的。他们给莉莉戴上花环,然后围着篝火唱歌跳舞。他们唱的是一首古老的歌颂太阳神的歌。莉莉听不懂歌词,可是莉莉知道那是在膜拜一种伟大的力量。是在敬畏一些不能吃的东西。不是为了流血。不是为了流血。他们唱:

> 青云衣兮白霓裳,
> 举长矢兮射天狼。
> 操余弧兮反沦降。
> 援北斗兮酌桂浆。

那也是阿朗的梦想。莉莉知道的。阿朗不是为了想要当一个君王那么简单。也不是想要征服一个人类的女子那么简单。阿朗想要的是一个机会。一个可以尊严地面对无边无际的苍穹的机会。他以为他自己是可以做到的。他以为这是他自己努力就可以做到的。他至今不明白尊严不是猎物，不是说你竭尽全力地追赶就可以得到。尊严就像是你的回忆一样，永远只能跟你存在于不同的时空。只有当你自己不存在的时候才能跟它融为一体。你为什么就是不能明白？尊严永远都是并且只能是一个路标，为候鸟们指引你坟墓的方向。所以莉莉原谅了阿朗，原谅了他的背叛，原谅了他的不辞而别，原谅了他的执迷不悟。他并不是残酷，他只是倔强。

周围突然间死一样的寂静。莉莉从座位底下小心翼翼地探出了她的小脑袋。观众席上的每个人都屏住了呼吸，像是早有预谋，凝视着同一个方向。阿朗停在火圈的前面，一动不动。无论怎样都不肯再钻。脸上的表情跟莉莉第一次见到他的时候一模一样，自负得让陌生人害怕，让懂得他的人心疼。粉红色的女孩子微笑着接近他，在强烈的灯光下，莉莉第一次好好端详她甜蜜的脸庞。然后她轻盈地扬起手，鞭子重重地落在了阿朗身上。两道伤痕就像彩虹一样在北风般凌厉的抽打声中绽放了。阿朗仰起脸，用曾经注视过莉莉的眼神看着她拿鞭子的手。

　　别以为我们会向你们低头。莉莉恶狠狠地咬了咬牙。可是她心里有个声音在说：阿朗，求求你，不要那么犟啊。你以为她真的能像我一样吗？

鞭子又抽了下来。阿朗的身体上现在有一张血红色的网。他的视线似乎是在寻找。然后，对着远处的莉莉，调皮地一笑。再然后，莉莉是在四周爆发出的震耳欲聋的惊呼声中看清发生了什么事情的。阿朗轻盈地跳起来，不费吹灰之力，扑倒了粉红色的女孩，把她踩在了前爪下面。可是阿朗跳起来的时候碰倒了火圈，火苗舍生忘死地蹿到了阿朗身上，疼痛中阿朗把女孩踩得更重，仰起脸，使出了全身力气吼了一声。

莉莉知道，阿朗在吼叫的时候是想寻找原野上的天空。但是他只看得见舞台上的幕布。莉莉已经听不见周围地狱般鬼哭狼嚎的声音，听不见猎人沉着地对木匠说了一句："你带孩子们先走。"听不见很远的地方隐约传来警笛

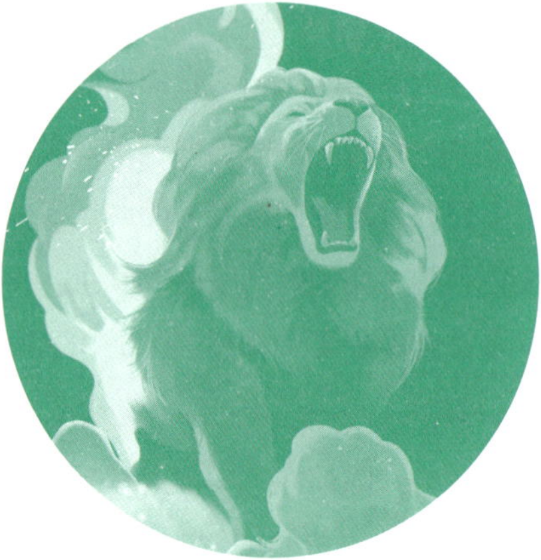

刺耳的声响。她只知道，那一声仰天长啸，是阿朗在谢幕了。可是那暗红色的幕布太破旧，太暗淡，也太肮脏。阿朗，你不值得。

人群已经逃难般地涌向了出口。他们的喧闹跟拥挤让莉莉想起那些峡谷中没有头脑，只知道制造噪音的水流。莉莉觉得有一种异样的，寒冷的力量在她的皮肤下面涌动。那不是杀气。杀气不会让你有飞翔的、轻飘飘的预感。当一个哇哇大哭的小姑娘的红色鞋子落在莉莉眼前的时候，莉莉的心里划出一道雪亮的光。

阿朗，等等我。

一片混乱之中，只有少数几个人看见，观众席的最后一排，有一只母狮子，像道闪电一样不可思议地冲着舞台飞了过去。莉莉清楚，这一次的纵身一跃，不是为了一只死期将至的猎物，而有可能是向着自己的死期。不管了，不管了。落地的那一瞬间，天地间只剩下了寂静。肚子里因为这剧烈的颠簸撕心裂肺地疼。疼痛埋没了一切人间的声音。阿朗的额头上开出了一朵红艳艳的花，他终于松开了女孩，倒了下去。莉莉仓皇地转过脸，她看见盲眼的猎人就站在舞台的下面，端着一杆还在冒烟的枪。

巴特静静地卧在小镇的石板街上，狂欢的人群像河流一样填满了古老的街道。救护车拉走了粉红色的女孩，人们要做的事情就只剩下狂欢了。还有，膜拜他们的英雄。他们虽然已经失明但依旧百步穿杨的英雄。猎人让人们相信了，这世上真有传奇这回事。木匠因为激动的关系，鼻头越发地红。他的大嗓门盖过了所有的喧闹："得去喝一杯啊。我倒要看看酒馆老板娘有没有胆量要咱们的壮士付账。"在人们的哄笑声中，猎人沉静地笑了笑。可是巴特看出来，他的脸庞被什么东西点亮了。"英雄——"马戏团的小丑问，"既然你看不见，你怎么有把握开枪呢？你就不怕伤着人吗？"猎人不紧不慢地开了口，周围顿时安静了下来，猎人说："是莉莉。如果莉莉没有扑过去，我怎么样也不敢开枪的。但是她扑过去的声音提醒了我那只狮子的方向跟位置。莉莉是我的乖女孩。我相信不会错的。"话还没说完，猎人的声音就被一片喝彩声淹没了。同时被淹没的，还有巴特战栗的哀鸣。"幸好莉莉没有听见这句话。"巴特对自己说，"我永远不会让莉莉知道这个。谁敢让莉莉知道这件事，我就要他的命。"

所有的狂欢都与莉莉无关。马戏团的舞台寂静得简直荒凉。现在就剩下了莉莉跟阿朗。不，还有大象。是大象用自己的鼻子吸了水，帮阿朗把身上的火苗扑灭的。然后大象再静静地退回到舞台的一角，像是一道布景悲悯地注视着飞翔而来的莉莉。大象叹了口气：这个姑娘。多美。多苦命。

阿朗在流血。莉莉把爪子伸出来放在那个枪眼上，可是没用的，血还是自顾自地流出来，但是静静的。血是一样比水更聪明的东西。从不喧嚣，但是狠。一旦决定了要离开谁就再也不会回头。

"莉莉。"阿朗的脸依然俊美，"想不到最

后，我还是只有你。"

"你说什么呀阿朗。"莉莉甜蜜地笑了,"这是理所当然的呀,你是我的丈夫。"

"莉莉,我很蠢。是不是?"

"不是的。阿朗。应该这样。你是君王,你只能这样,对不对?"

"莉莉。"阿朗笑了,"你真好。"

"你记不记得我说过。"莉莉舔着阿朗额头上流出的血,"就算有一天你离开我,我也不会离开你的。你还记不记得?"

"记得。"阿朗的声音低了下去,"莉莉,那你还记不记得我说过,世界上既然有我这样的一个阿朗,就一定会有一个你这样的莉莉来跟我遇上。可是我说错了。因为,"阿朗艰难地呼吸着,"因为能遇上莉莉,是我最幸运的事情。"

然后阿朗就死了。是微笑着死的。死在莉莉的怀抱里,听着莉莉肚子里的小宝贝心跳的声音。

三天后,猎人的婚礼在镇上的小酒馆举行。新娘是那个粉红色的女孩子。她的名字不叫蝴蝶,她叫婴舒。阿朗死去的第二天,猎人带着莉莉和巴特去看她。她静静地看着猎人的脸,潋滟地微笑:"你又救了我一次。"猎人说:"我们结婚吧。这些年你已经走得够远了。我等了这么久,不想让你再逃跑。"巴特非常不满地在一边喘着粗气,认为这种对白太过晦涩,一点没考虑到狗的接受程度。

猎人跟婴舒的婚礼对于镇上每个人都是一个美丽的通宵达旦。英雄配美人,当然是所有传奇理所当然的结局。每个人的表情都因为醉意而变得生动。一百个人的醉眼里,就有一百个千娇百媚的婴舒。实际上,她端庄得很,安静地坐在猎人的身边,谁都看得出,她就是侠胆英雄的那根隐秘的柔肠。

酒馆的老板娘快要忙疯了。可是莉莉看得出,这个美丽的女人有一点落寞。她叹着气,在自己缀满花边的围裙上擦擦手,弯下身子抚摸着莉莉的脑袋,她说:"莉莉,你要当妈妈了。恭喜呵。"

莉莉一个人走到了小酒馆的外面。镇上的街道空荡荡的,散发着青石板的香气。没有人行走的古老的街道在夜空下面呈现出跟原野类似的沉静的表情。空气真好,因为没有那么多的人一起呼吸。然后莉莉抬起头,她看见了月亮。

"莉莉。"巴特不知道什么时候来到她的身后，一脸的担心，"那个……马戏团里的那只狮子，是宝贝的爸爸，对不对？"巴特总是管莉莉的孩子叫宝贝，像一个非常称职的舅舅。

莉莉在满地的月光里，回头妩媚地凝视着巴特："巴特，等生下这个孩子，我就走。带他一起走。"

"莉莉，你吃了那么多苦。"巴特安静地摆了摆尾巴。

"巴特，你告诉我，他杀了我妈妈，又杀了我丈夫，可是为什么，我还是会原谅他？"

"我不知道。莉莉。"巴特说，"你从小就这样，什么事情都要问我。我也不是什么都知道。"

"有件事你肯定知道。你得跟我说老实话,巴特。"莉莉突然间淘气地斜了斜眼睛,"有的时候,你有没有想过,其实你可以在一个只有你们俩的时候,跳起来咬断他的喉咙的。你想过没有?"

"没有。"巴特说,"莉莉你呢?你想过吗?"

"我不知道。"莉莉诚实地看着巴特的脸。

"其实我敢保证,莉莉。他也想过同样的事情的。他也想过,他其实可以用他的猎枪打穿我们的脑袋。他爱我们。这是真的。但是,他同时也不会忘记,生杀大权在他的手里。他可以忽略这个,可以要求自己不去想这个,但是他是不会忘记的。"

"巴特,你什么都明白了,什么都看清楚

了。可是你为什么还留在他身边？"

"因为我知道他离不开我。因为我也离不开他。"

"我真是糊涂了。阿朗，就是宝贝的爸爸，他以前跟我说过，问为什么是人的习惯。我不应该有这种习惯。他很霸道的，老是跟我说不准这个不准那个。"莉莉突然间嫣然一笑，"巴特，我好想他。"

深蓝色的夜空一瞬间倒转了过来，静谧的满月像颗子弹一样击中了莉莉臃肿的腹部。在撕心裂肺的疼痛降临之前，酒馆里的每个人都听到巴特焦灼的狂吠声。

莉莉在猎人的婚礼上生下了她和阿朗的女儿，取名朱砂。

是猎人给小女孩取的名字。因为她的额头

上奇迹般地有一小块红色的胎记,圆圆的。猎人骄傲地说:"世界上还能有谁像我这么幸运呢?结婚当天的夜里就当了外公。"莉莉静静地躺在炉火边,甜美地微笑,看着婴舒抚摸着小女孩的胎记,那正好是击中阿朗的子弹待过的位置。

莉莉童年时候的澡盆被翻了出来,朱砂睡眼蒙眬地在温暖的水波里四脚朝天,是跟那时的莉莉一模一样的姿势。巴特的舌头又是长长地伸了出来,伸出前爪护着朱砂的小篮子。猎人说:"巴特,你小心一点啊。不要把口水滴到小宝贝身上。"巴特于是愤怒地盯了猎人一眼。唯一的不同就是:朱砂用不着莉莉小时候的奶瓶。因为莉莉的胸前饱满得如同深秋的沃野。朱砂吃奶的时候,小小嘴唇的嚅动微妙地牵扯着她的内脏。她痴痴地看着朱砂干净的黑眼睛。她要给朱砂很多很多的爱,让朱砂像曾经的她一样,张狂地、横冲直撞地、不知天高地厚地长大。然后告诉她:要敬畏所有不能吃的东西。她的样子像我,可是性格会像你,阿朗。

大家是在四十八小时以后发现朱砂的缺陷的。朱砂的一条后腿弯曲得厉害,走路的时候都不能着地。小女孩天真烂漫地用她的三条腿笨笨地蹦跳着,因为幼小,再笨拙也好看。莉莉想起她自己在观众席上那奋不顾身的飞翔。落地的时候肚子里有种撕裂一般的疼痛。我的朱砂是在那个时候受了伤。不过阿朗,你不要介意,那不是你的错。也不是我的错。所有的灾难,不过是因为眷恋。还好朱砂现在懵懵懂懂地生活在所有人的宠爱之中，她很快活，全然没有留下关于在母体中时颠簸跟疼痛的记忆。

猎人现在有了一个很大的家庭。一共三代五口，两个人，三只动物。因为有了婴舒，这个家有一种烦琐但是真实可信的气息。猎人依旧喜欢带着巴特和莉莉出去散步。黄昏的时候他们回到小木屋。莉莉端庄地走在前面，巴特兴奋地跑前跑后，猎人走在最后面，偶尔肩膀上还是会扛一只莉莉弄来的鹿，像一尊青铜雕像。门口有婴舒在迎接他们，怀里抱着小朱砂，窗子里飘出饭菜的香气。朱砂的小爪子抚弄着婴舒垂在胸前的卷发，还有裙子上的荷叶边。用红鼻头木匠的话说，婴舒是世界上最美丽的外婆。

可是莉莉知道，团聚的日子是短暂的。因为等到朱砂满十六个月，不用再吃奶的时候，他们就会把朱砂送到动物园去。这是征得了莉莉同意的决定。朱砂永远都不会像莉莉那样奔跑，永远没可能追上任何一只猎物。世界上有一种叫作"动物园"的东西，对于朱砂来说，或许是个好去处，至少在那里，她可以活下来。对于离散，莉莉早已习惯。她知道那是所有人跟所有人之间必然的结局。只是，当朱砂的大眼睛深深地、清澈地、毫无保留地看着她的时候，她会突然没命地舔着她小小的脸庞、耳朵、还有小屁股。她说："宝贝，你长大以后会是一个漂亮的姑娘。"巴特在一边静悄悄地看着她们俩，那种温柔的眼光让莉莉有一种沐浴其中的温暖。有好几次，她都有种错觉，以为那是天上的阿朗的眼睛。她蓦然回首，然后不好意思地对朱砂说："宝贝，是妈妈搞错了。那不是爸爸，是舅舅呀。"

她的脸上依然有种少女时代的娇羞。可是巴特老了。莉莉有的时候会突然间在他的眼神里、表情里看出一种衰老。他早已不再是那个英姿飒爽的美少年。但是，猎人看上去并没有改变很多呀。为什么只有巴特变样子了呢？莉莉不知道，那是因为对于猎人和巴特来说，时间这个东西流逝的方式是不一样的。巴特就在这不一样的时间里从莉莉的小哥哥变成了一个宽厚的长者。但是猎人似乎早已不关心这人世间的变迁。他现在总是开心得像一个孩子，喜欢把朱砂高高地举过头顶，然后大声地爽朗地说："怎么办？莉莉，我现在喜欢朱砂超过喜欢你了。"莉莉跟巴特相视一笑，莉莉注意到了，她跟巴特的这点默契没有逃过婴舒的眼睛。在这样的时候婴舒脸上总是浮起一种柔软的表情。那柔软让莉莉在不知不觉间就谅解了很多的事情。

如果不是因为天生的缺陷，朱砂会让所有原野上的飞禽走兽明白什么叫做风华绝代。她安静的时候很像莉莉，但是要比莉莉妩媚。像一片慢慢地飘进静止的湖水里的红得醉人的枫叶。她不肯安静下来的时候，尤其是当她把小小的脑袋任性地一扭，那神情活脱脱又是一个阿朗。额头上那粒画龙点睛的朱砂痣不由分说地戳到你的心里去。城里来的动物学家第一次看到朱砂的时候，静静地沉默了足足十秒钟，眼睛闪闪发亮，然后，似乎是有一点慌乱地俯下身子，拍拍莉莉的脑袋："莉莉，生了一个这么美的女儿，你真了不起。"

婴舒微笑着把朱砂放到地上，朱砂立刻蹦跳着到了动物学家的面前。仰着她向日葵一样灿烂的小脸，娇嫩地给了动物学家一个毫无保留的笑。她是个虚荣的小家伙，莉莉愉快地想，她知道这个人刚刚在夸她漂亮。突然间，笑容凝固在了莉莉的脸上，莉莉望着动物学家强劲有力的手和衬衫领口没有系上的纽扣，如梦初醒：他是一个男人。一个年轻的、好看的、强壮的男人。一个就像当年的猎人一样的男人。

朱砂从小就知道自己是要到城里的动物园去的。她对这个未来充满了期待。"妈妈，巴特舅舅告诉我说，城里到了晚上有好多好多彩色的灯，比白天的样子还好看。"她跳跃的样子像一只小梅花鹿，歪一歪脑袋，无限神往："妈妈，婴舒告诉我说，在动物园里，我一个人睡一间屋子，他们还有皮球给我玩。皮球是彩色的，比镇上的小孩子们玩的那种好看多啦。"莉莉忧伤地看着朱砂，莉莉不知道该不该告诉她那根本不是什么值得去的地方。该不该告诉她最适合狮子的地方永远是并且只能是这片原野。最让她担心的一件事情是，朱砂对陌生的东西永远充满着天真跟热情的好奇心，这根本就是人类的秉性，而不是狮子的。莉莉犹豫了很多天，很多天，最终还是什么都没有对朱砂说。无论如何，莉莉愿意看见朱砂快乐。

　　动物学家开始频繁地出入他们的小木屋。

他说他要从哺乳期开始记录朱砂的成长。"朱砂的品种很罕见。"他耐心地对猎人跟婴舒解释着,"要是我的判断没错的话,朱砂的父亲是一只白狮。白狮是我们原来以为1865年就已经在西非绝种的狮子。是在二十年前,才有人认为在我们这片原野上有白狮出没的痕迹的。众说纷纭啊——"动物学家像个大男孩那样伸着懒腰,"有人说是,有人说不是。我大学里的老师,跟踪了它们整整十五年。"

"白狮?"猎人问,"打了这么多年的猎,我还是头一次听说。难不成,是纯白的?可是我见过一次朱砂的爸爸,那时候我眼睛还好——他并不是白色的啊。"

"也未必。只是毛色比较浅而已。其实,我们也都是根据记载来判断的,你知道,十九世纪的相片还是很少的。"

"那你认为他们到底是不是白狮呢?"婴舒问。

"当然是。"动物学家笑着弯下身子,拍着莉莉的脑袋:"莉莉,要是你会说话就好了。我真想知道你是从哪里钓到一头白狮的呀。"

"我早就说过。"猎人静静地微笑,"我们的莉莉是个了不起的姑娘。"

朱砂就在这个时候蹭了过来,撒娇地舔着动物学家的手掌。动物学家专注地看着朱砂,无限感慨:"要是我的老师还活着的话,看到朱砂,老头子一定会高兴得跳起来的。"他的眼睛似乎是潮湿了一下,用柔情似水的眼光缠绵着朱砂额头上的胎记。动物学家给这个小木屋带来意想不到的欢欣。因为他就连感伤跟缅怀的时候都是生机勃勃的。

"那些白狮，他们现在到哪里去了？"猎人抽着烟斗，在正午的阳光下慵懒地闭上眼睛。

"就是因为当初有人认为是白狮，可是有人反对。保护区一直都没有建立起来。大概是前年吧，因为一场从野牛身上传过来的瘟疫，绝大多数都死了。别说是白狮，现在在这片原野上，狮子几乎是没有了。"他谈起狮子的时候就像谈起他的情人一样，言语间充满着疯疯癫癫但是百分之百的爱意。

阿朗，如果他说的是真的，你的那些敌人，他们全都死了。你不用再去打败他们了。所以阿朗，在你活着的时候，你已经成了君王。你是君王，我是王后，尽管我们都没有臣民了，尽管我们统治着的只是一片空旷的荒芫。可是，你做到你想要做到的事情了呵。

那天夜里，朱砂羞答答地对莉莉说："妈妈，要是去了城里，我就能天天都跟他在一起了，对不对？"

莉莉的表情变得前所未有的严峻："绝对不可以，朱砂。我不准你有这个念头。"

"妈妈。"朱砂倔强地把脖子一梗，"我最讨厌你说不准这个不准那个！"

"朱砂，他是人。"

"那又怎么样呢妈妈？"朱砂才这么小，但她已经笑得媚态横生，"你没看到他看我的眼神吗？"

莉莉当然看到了动物学家的眼神。那种迷醉跟阿朗谈起王位的时候异曲同工。朱砂，那与你无关，那只是为了征服。但是莉莉不能这样跟朱砂讲，她只能叹一口气，说："朱砂，我们是狮子。我们只能嫁给狮子。"

"可是妈妈。"朱砂习惯性地歪着头，"这片原野上已经没有狮子了呀。你要我怎么办？"她带着一脸胜利的表情，欣赏着莉莉无言以对的样子。

动物学家的吉普车是在天色微明的时候抵达的。莉莉在睡梦中被屋外传来的铁笼子的声音惊醒。朱砂安然地睡在巴特的身边，全然没有听到叮叮当当的金属撞击的声音。那声音是带着血腥气的风铃。莉莉静悄悄地走到门外，清晨的原野总是冷，冷到有点悲戚。太阳还没出来，呼吸间全是些幼嫩得就像朱砂的小脸蛋的空气。年轻的动物学家有些不自然地微笑："嗨，莉莉。"他走上来，抚摸莉莉的脑袋："放心好了莉莉。我们会好好地照顾朱砂。"一声细细的门响，婴舒轻轻地走到他们跟前，动物学家就在这个时候直起身子，迟疑但是用力地握住了婴舒的手。

"莉莉。"婴舒的声音听上去跟平时不大一样，"我要跟他走。"

莉莉安静地注视着眼前这一对即将私奔的男女。在莉莉面前，他们就像两个闯了祸的孩子一样不知所措。婴舒的手摩挲着莉莉柔软的脖颈："莉莉。莉莉。对不起。"眼泪沿着她的脸颊静静地滑下来，掉进泥土里面了。婴舒说："莉莉，你不明白。"

不明白的是你。莉莉仰起头望着她的脸，漆黑的眼睛就像没有波浪声的海面。她望着这个夺走了阿朗，夺走了猎人，又帮着别人夺走她的女儿的女人。你把我所有最珍贵的东西都夺走了,但是你丝毫不珍惜。莉莉并没有怨恨她。粉红色的她在半空中飞翔,像一片带着露珠的花瓣。她是一只蝴蝶,生来就是为了让别人眼花缭乱的。

"莉莉。"婴舒的脸朝着屋内的方向,"我把他交给你了。"

朱砂是在这个时候跑出来的。欢天喜地地钻到了小笼子里。"妈妈,要坐很久很久的车,对不对?"

"朱砂,你要乖。"莉莉用力地,没头没脑地舔着朱砂的脑袋,耳朵,还有额头上那颗小小的朱砂痣。一不小心,舌尖就触到了冰凉的铁栏杆上。那么冷,冷得都有一点火烧火燎的疼。于是莉莉开始用力地舔那些铁栏杆,从上

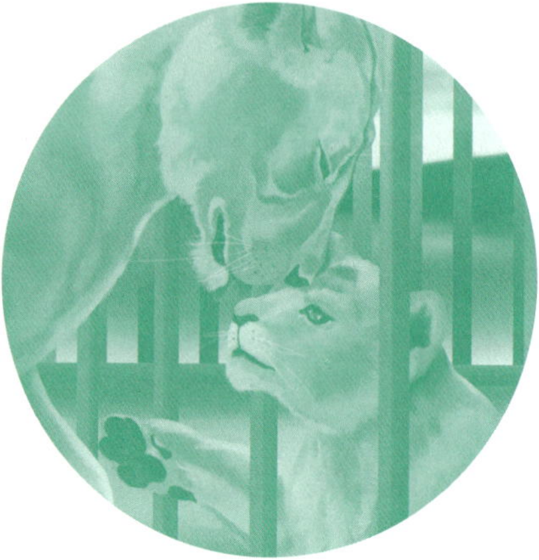

到下地舔，逐个逐个地舔。这样那些铁栏杆就不会那么冷了，这样朱砂就算不小心碰到它们也不会觉得难受。

"朱砂，小公主。"动物学家拎起笼子，把它放到吉普车的后座上。"我们要出发了。"

"妈妈不去吗？"朱砂仰起小脸，但是吉普车的门已经"轰"地关上了。

太阳出来了。莉莉看着阳光洒满了原野，吉普车绝尘而去。但是她没有看到朱砂在后座上一下一下地跳起来，却一次又一次地撞到了笼子上面："妈妈——妈妈我要下去——我不去城里了——妈妈我要回家……"

阿朗。你得保佑朱砂。这孩子她就和你一样，认起真来是不要命的呵。

在这个清澈的、阳光普照的早晨，小木屋

又回到了原来的样子。只有莉莉、巴特，和猎人。就好像别人都没有出现过，就好像所有的离散都只是一场很长的梦。鸟雀们都醒来了，莉莉听见了它们唱歌的声音。莉莉轻轻地、优雅地跨进了家门，巴特还在沉睡着，猎人端坐在橡木床上，腰板挺得笔直，他说："莉莉。"

莉莉走上去，猎人的手颤抖着揉搓着她满身的皮毛。莉莉舔着他的手心，舌尖上还带着铁笼子的寒气。猎人慢慢地说："让他们都走吧，莉莉。就剩下我们三个了。其实这个家里本来就只有我们三个。莉莉，你说对不对？"

莉莉在猎人的手心里轻轻闭上了眼睛。她觉得冷，她听见自己的身体里传来一种很深很深的回响。她知道，那是峡谷的声音。从来没有一个时候，莉莉如此地渴望那个峡谷。她想站在峡谷的边缘上听听水流暴虐的声响,然后,轻盈地纵身一跃。就像阿朗那样跟粉身碎骨曼妙地擦肩而过,死亡的深渊里就会留下莉莉蜻蜓点水的、美丽的痕迹。阿朗说:"每一只狮子的一生里,一定要跳一次峡谷。哪怕送命也得跳一次,这是我们身为狮子,必须要做的事情。"那个时候我怯生生地站在峡谷的旁边,看着他跳过去,有若神助。跟那个时候相比,我已经不再年轻。我的身体里已经有了那么多时间的痕迹。有欢乐的痕迹,有生育的痕迹,有杀戮的痕迹。我早已经千疮百孔,满目疮痍。可是我的身体里却充满着前所未有的丰盈的渴望。我知道它会跟我的血液一起,一点点地涨满。满到就要溢出来的时候,我就会,纵身一跃。

"莉莉。"猎人搂着她的脖颈，"请你原谅我。是我杀了朱砂的爸爸。我开枪的时候知道他是谁，因为，因为当你从观众席上跳起来的时候，我就知道他是谁。"他疼痛地亲吻着莉莉的小耳朵，"原谅我，莉莉，原谅我。你知道的。只有对你，我才敢提这样的要求。"

莉莉当然知道。他对她，永远有恃无恐。他可以说"莉莉你不要再回来"，他可以说"莉莉是我杀了你妈妈"。他什么都可以说，因为，其实他清楚得很，无论他说什么，做什么，他都不会失去莉莉。

莉莉知道自己不会再回原野上去了。她所有的，仅剩的亲人就在这间小木屋里。她不走。她哪里也不会去。莉莉知道，作为一只狮子，她其实已经完成了她此生的使命。她已经跳过了峡谷。只不过她是在马戏团的观众席里跳的。就是那唯一的一次忘情，给她的女儿留下了永远的缺陷。那就是代价吧。或者说，生命本来就不是一样可以忘情的东西。所以峡谷里的狮子们才把那种纵身一跃看成是一生的意义跟尊严所在。生命不是为了放纵而是为了承担，为了一种日复一日没有止境不能讨价还价的承担。阿朗不懂得这个，婴舒也不懂得这个，但是莉莉懂得。

他是她的父亲，她的情人，她的仇敌，她的负累，她的命运。她的生命是因为他才得以延续，她生命中所有的苦难都因他而起。可是他给她的那么多的爱又在她的体内懵懂地积蓄起一种强大的力量来抵御所有的苦难。

他慢慢地站起身，对她说："莉莉，去把

巴特叫醒吧。我们一起去散步。我看不见，可是我能感觉得出来，外面的阳光好得要命。"

巴特依然沉睡着，睡相酣畅得很。只不过，已经没有了呼吸声。猎人对此浑然不觉，但是莉莉明白发生了什么事情。巴特老了，就是这么简单。当你经历过很多的离散之后，你就能很轻易地在空气中嗅出永诀的味道。莉莉走到巴特跟前，无限爱怜地，把前爪搭在了她的老朋友尚且温暖的脊背上。

笛安 × 陈炜枫：
人生就是由欢聚和离别这两件事组成的

陈炜枫:《莉莉》讲述了一头母狮子的故事,有一些童话意味,是什么样的契机让您以动物的视角来写这样一篇小说?

笛安：这个我得想想——因为这篇小说是太久之前的作品了，应该是在2006年？那年我刚刚大学毕业。其实我从十几岁的时候起，脑子里就总是有一些非人类做主角的故事，我说不好为什么，具体到莉莉这个故事里，一只漂亮的母狮子的形象是很自然地出现的。起初我想通过莉莉，写一写——一个女人的人生，但是我懒得让人类当主角，觉得用童话性质的动物的故事来表达会更有意思。

陈炜枫：您曾在访谈中表示："莉莉就是我，我就是莉莉。"那么您是否也曾经历过和莉莉相似的境遇？在面对苦难时您是如何应对的？

笛安：写这个的时候我才 23 岁，我的人生当时还谈不上有什么经历。除了独自离开家很远，除此之外莉莉的一生里大部分事情我都没经历过。其实在刚开始写作的那几年，我经常是觉得——虽然我没经历过这个，但我觉得应该是那样的。反正初生牛犊不怕虎，我就那么写了。直到我在自己的人生里尝过了种种滋味——回头一看，当初我写得还挺像那么回事，但又不完全是那么回事。总体而言我算是个幸福的人了，遇到痛苦的时候——就熬过去呗，总能熬过去的。

陈炜枫:《莉莉》创作于十多年前,时过境迁,如今您也成为母亲,重读这篇故事有什么不一样的感触?

笛安：重读它最大的感触就是：啊我那时候好年轻；还有就是，年轻可真好啊。字里行间感觉有种——我觉得用稚嫩来形容并不准确，我更愿意表述为：我那时候的文字还充满了对这个世界的信任。因为我是个幸福的小孩，当时又处在一个很好的年纪，一无所有但充满希望（二十出头的时候我是真的对自己充满了信心。好像写《莉莉》的那个时候还在谈恋爱吧，恋爱对象就是大学里的同学）。这个故事对我而言，就像一块琥珀那样，琥珀中心封存的是那个时候的自己，但当初我并不知道这一点。小说里莉莉最终把朱砂送去了动物园里，其实是当年的我本能地想要规避描写一点：莉莉该如何当母亲。当时我真的不会写，我不知道跟自己的小孩相处是怎么回事——现在我懂了。

陈炜枫：莉莉的半生不停在经历离散，伴随着成长她对此的心态也逐渐发生变化，到最后"能很轻易地在空气中嗅出永诀的味道"，您如何看待别离这件事本身？

笛安：我昨天还在跟我的女儿说，人生就是由欢聚和离别这两件事组成的。当然离别会是最终的结局。所以我认为离别就像是自然现象一样正常而必然。

陈炜枫：峡谷里的狮子将纵情一跃看作生命的意义，而莉莉的生命是为了承担命运所带给她的一切，这两种对生命截然不同的看法您作何评价？

笛安：当时写下那句话的时候，我只是觉得这么写看起来很厉害，我其实并不完全明白"承担"这两个字的分量到底有多重。我现在觉得，人生确实就是受苦，正因为如此，我们才要抓紧一切可以的机会用来苦中作乐。欢乐都是片刻的，短暂的，用来回味而不是用来封存的，所以如果真的有勇气纵身一跃，也很好。但是纵身一跃之后呢，落地之后的人生才是——无趣的中年人的小说里会写的东西吧。

陈炜枫：在日常写作中，您的灵感来源都有哪些？

笛安：比较难讲，通常是一个模糊的画面，场景，或者某几个主要人物之间的什么瞬间片段先出现，但是还需要一点时间来让这个种子成长，某一天，会突然间地觉得好像找到了之前的画面或者场景的一些更关键的东西，也许是可以解释它们，也许是能再往前走一步，然后就觉得可以写了。至于最初的画面是怎么来的这个真的无法解释。

陈炜枫：您如何看待在写作中"表达自我"这件事，或者说在表达自我之外您觉得更重要的是什么？

笛安：曾经觉得写作的全部意义就是表达自我。现在觉得表达自我真的没那么重要。因为随着年龄的增长，越发觉得"自己"并没有原先以为的那么特别。所以我的"自我"好像并没有那么多表达的必要。伴随着这个认知而来的，就是表达欲的减退。但是现在写作这件事情，最吸引我，且让我最愿意执著探究的，是"虚构"的技艺。究竟哪一部分是我可以自我训练的，是可以通过努力，通过分析去获得的，而哪一部分不行，我这些年，对于"虚构"的真实性和完整性，做了非常多的努力。"故事"都是假的，为什么有些故事看起来就像是真的，真实与虚构之间的关系究竟是怎么样的？这是我现在的写作里最想要研究的东西。

陈炜枫：您对绘画是否有所研究，是否有能让您找到共鸣的艺术家或者绘画作品？

笛安：完全不敢说有什么研究，只是喜欢看而已。大学时代因为是在欧洲，有机会看过不少大师的真迹。最为强烈的一个感受就是，有些大师的作品，在博物馆里面对面看真的，和在画册上看，是完全不同的。第一个给我如此强烈的冲击的画家是伦勃朗。25岁那年，在阿姆斯特丹的博物馆，一走进去，第一眼看见他的《犹太新娘》，一下愣住了，挪不开步子。当时有个强烈的印象，画这幅画的人，一定是个非常温和善良的人。另一位觉得看画册和看真迹感觉差别很大的就是毕加索，我年轻时候不怎么喜欢他，但是现在越来越喜欢——准确讲是开始有一点模糊的感觉，他的作品里真的是有一种动力强大得可怕的原创性。在一片荒原之中确立前无古人的风格的那种原创性。

图书在版编目（CIP）数据

莉莉 / 笛安著. -- 上海：上海文艺出版社，2024.1（2024.5重印）

ISBN 978-7-5321-8818-5

Ⅰ.①莉… Ⅱ.①笛… Ⅲ.①中篇小说－中国－当代

Ⅳ.①I247.5

中国国家版本馆CIP数据核字(2023)第148241号

发 行 人：	毕　胜		
责任编辑：	李伟长　余　凯	营销编辑：	汝乃尔
装帧设计：	周安迪	插　　画：	陈炜枫

书　　名：莉　莉

作　　者：笛　安

出　　版：上海世纪出版集团　　上海文艺出版社

地　　址：上海市闵行区号景路159弄A座2楼 201101

发　　行：上海文艺出版社发行中心

　　　　　上海市闵行区号景路159弄A座2楼206室 201101 www.ewen.co

印　　刷：浙江海虹彩色印务有限公司

开　　本：889×1270　1/64

印　　张：2.25

插　　页：8

字　　数：41,000

印　　次：2024年1月第1版 2024年5月第2次印刷

I S B N：978-7-5321-8818-5/I.6949

定　　价：39.00元

告 读 者：如发现本书有质量问题请与印刷厂质量科联系　T:0571-85095376